Cet ouvrage a reçu le prix
Lewis Carroll Shelf Award 1978

Paru pour la première fois aux États-Unis
et au Canada sous le titre :
Slake's Limbo

COMME LA VIE

FELICE HOLMAN

LE ROBINSON DU MÉTRO

ILLUSTRÉ PAR HANNO BAUMFELDER

TRADUIT DE L'AMÉRICAIN PAR JEAN LA GRAVIÈRE

casterman

ROMANS

1

Ce qui arriva, quand finalement cela arriva, était si parfaitement logique qu'on ne peut pas vraiment s'en étonner. Le fait est qu'Arémis Slake s'était souvent déjà réfugié dans le métro quand les choses tournaient mal pour lui à la surface. Il gardait même un ticket de métro en permanence dans sa poche pour pouvoir s'y échapper en cas d'alerte et les alertes n'étaient pas rares, en raison de circonstances peu favorables.

Tout d'abord, Slake était petit et n'importe qui pouvait le rosser pour n'importe quelle raison, ou sans raison du tout. À condition de l'attraper, car heureusement pour lui il était rapide, rusé, capable de distancer, fourvoyer et semer ses poursuivants pour se faufiler dans le métro sans être vu. Il y restait si possible caché dans un coin de couloir pour économiser son ticket ou, si c'était nécessaire, il sautait dans une rame et circulait jusqu'à ce que les choses se calment et que le monde de la surface redevienne habitable.

Ceci n'est que le début.

Aucune bande organisée n'avait jamais voulu de Slake : il n'était bon à rien. Sa myopie l'empêchait d'être un chapardeur adroit, son allergie au tabac et aux drogues faisait courir des risques aux copains. À deux reprises quand il s'était laissé persuader d'essayer, cela avait fini à l'hôpital. Slake devint donc un paria pour les autres garçons. Quand ceux-ci ne le repoussaient pas carrément, ils s'amusaient à le traquer et à le tourmenter.

Ce n'est pas tout : Slake était rêveur et traversait la vie comme en rêve. Bien qu'il fût presque toujours affamé, il ne rêvait que rarement de choses qui se mangent. Il rêvait parfois d'être « plus fort que » ou « plus grand que », de pouvoir dominer les autres et rendre les coups. Le plus souvent, il rêvait simplement d'ailleurs – n'importe où, mais ailleurs. Ainsi rêvant, il se cognait dans les lampadaires, marchait dans les flaques, dégringolait dans les escaliers de l'école au grand plaisir des autres élèves qui s'empressaient de le faire retomber dès qu'il s'était remis debout.

Tout ceci était encore aggravé par ses lunettes, ou son absence de lunettes. Quand il ne les perdait pas, il les cassait ou on les lui chipait. Il finit par y renoncer complètement et le monde extérieur, au-delà de trois mètres, devint pour lui une sorte de brouillard : de vagues silhouettes y circulaient, des voitures klaxonnaient et freinaient, des trous s'ouvraient subitement sous ses pas, des lampadaires surgissaient et frappaient. Slake était toujours couvert de bosses.

Pour la commodité de cette chronique, il est plus simple et plus pratique de considérer que Slake était né orphelin à l'âge de treize ans et il suffit de savoir qu'il était petit, myope, rêveur, amoché en permanence, vivant comme un étranger dans sa ville natale (qui est New York) et dans ce monde, un garçon méfiant, silencieux et solitaire, avec un ticket de métro en poche. Autrement dit, pas tellement différent des innombrables garçons qui poussent librement dans les rues encombrées d'immondices et qui portent autour du cou, pendue à une ficelle, la clé leur permettant de rentrer à la maison où les parents ne sont jamais.

Quand, après l'école, Slake se traînait au long des escaliers obscurs jusqu'à l'appartement où il habitait – sans le voir, ne percevant que les bruits et les odeurs –, il se disait qu'il ne méritait rien de mieux puisqu'il n'était qu'un bon à rien, de l'avis unanime de ses professeurs, de ses camarades et des gens peuplant l'espace où il dormait (et, parfois, mangeait). Bon à rien, il était réveillé d'une taloche le matin par la vague tante qui vaguement l'élevait, et il se plantait comme un bon à rien devant le frigo pour dévorer ce qui lui tombait sous la main. Il versait une tasse de café froid dans son estomac de bon à rien puis entraînait sa petite carcasse de bon à rien vers l'école, croisant dans le corridor et les escaliers la carcasse des autres humains que leur destin avait conduits là.

Plus tard dans la journée, son estomac vide et froid lui rappelait ce que ses yeux myopes pouvaient à peine distinguer à l'horloge de la classe : l'heure du déjeuner. Quand la cloche de l'école venait confirmer cette impression de son estomac, Slake pêchait au fond de ses poches divers débris, miettes et rogatons sans aucun rapport les uns avec les autres ni avec un repas véritable, et il appelait ça son déjeuner.

Parfois, arrivant en retard et hors d'haleine sans même avoir avalé son café, Slake se glissait sur son banc sans rien dire et supportait en silence les reproches et les moqueries du professeur. Une fois même (c'était bien sa veine !), il arriva dans cet état un jour où c'était son tour de tenir le drapeau*. Essoufflé, toussant, le ventre vide, les mains et les pieds à demi gelés, Slake se tint debout devant la classe, ses doigts gourds entourant la hampe du drapeau, les genoux flageolants.

* Dans certaines écoles américaines, on récite chaque matin, face au drapeau, le Serment d'Allégeance à la république des États-Unis. *(N. du Tr.)*

« Je jure allégeance... » récitaient les élèves, plus ou moins à l'unisson, à l'exception de Slake qui ne parvenait pas à articuler un mot.

Le professeur les interrompit :

— Le fait de tenir le drapeau, M. Slake, ne vous dispense pas de réciter avec les autres. Recommencez !

— Je jure allégeance au drapeau... aux États... Unis.

La voix de Slake flancha.

— ... à la République qui...

Puis ses genoux cédèrent et il s'écroula sur le sol en même temps que le drapeau.

Dans cet endroit qu'il appelait « la maison », surplombant le viaduc métallique du métro, Slake dormait sur un lit de camp dans la cuisine et ses nuits étaient troublées par un rêve qui devint si fréquent et si familier qu'il finit par faire partie de sa vie éveillée autant que de son sommeil.

Un peu avant de s'éveiller, semblait-il, Slake rêvait qu'un oiseau venait voleter près de la fenêtre, entrouverte juste assez pour ne pas s'asphyxier pendant la nuit. L'oiseau se perchait sur l'appui de fenêtre couvert de poussière et de suie, dangereusement près du châssis, de sorte qu'à tout moment il pouvait tomber ou s'envoler dans la cuisine. De peur que cette petite créature délicate ne s'aventure en ce lieu hostile, Slake ouvrait la bouche pour crier. À ce moment l'oiseau se penchait, tombait dans la bouche de Slake, et il l'avalait. Après quoi il s'éveillait, étouffant. La première impression de l'oiseau lui bloquant la gorge était suivie par la sensation qu'il lui becquetait les côtes par l'intérieur. Souvent en s'éveillant, Slake l'entendait crier et pépier.

Au milieu de l'hostilité effrayante de ce vaste monde, n'y avait-il donc personne pour Slake ? Pendant quelque temps il y eut quelqu'un : Joseph. Par suite d'une quelconque particularité à l'intérieur de sa tête, Joseph avait le regard vitreux et souriait perpétuellement. Joseph ne savait pas lire, ni même très bien parler, mais une zone de calme semblait l'entourer et Slake l'appréciait. Ils se tenaient ensemble à un coin de rue, sans rien dire, et de temps à autre Joseph donnait une tape amicale dans le dos de Slake.

Joseph et Slake faisaient souvent de longues promenades ensemble dans les rues du voisinage, entre les rangées de maisons expropriées aux fenêtres barrées de planches, dans les terrains vagues emplis de détritus, le long des murs couverts d'affiches déchirées et de graffiti obscènes. Ils rôdaient parmi la foule, sans la voir. Par beau temps, les gens et les animaux se penchaient aux fenêtres des étages pour regarder la vie s'écoulant dans les rues. Les jours de grande chaleur, les bornes d'incendie déversaient des jets d'eau sur les enfants hurlant de joie et ce flot entraînait des vagues clapotantes d'immondices. Des sirènes d'ambulance et de police déchiraient l'air. Les lessives pendaient mollement le long des escaliers d'incendie. Des vieillards fouillaient les monceaux de saletés accumulés sur les trottoirs.

Une rangée de vieilles maisons, situées le long d'un large boulevard à une dizaine de blocs de distance de chez Slake, possédait de petits jardins en façade et de hauts perrons. Sur un de ces perrons se trouvait un banc de pierre qui fascinait Slake ; il allait souvent là-bas rien que pour le regarder. Ce banc était fait d'une pierre tombale posée sur deux supports.

— Qu'est-ce que tu crois, Joseph ? Ils l'ont barbotée dans un cimetière, à ton avis ?

Joseph ne répondait pas, mais Slake ne s'attendait jamais à ce que Joseph réponde aux questions.

— Ou peut-être que le type qui habite là s'est déjà préparé sa pierre pour quand il sera mort...

Slake préférait cette version. Il imaginait le propriétaire s'asseyant au soleil sur sa pierre tombale, et plus tard gisant en dessous, pour toujours.

C'était agréable de se balader avec Joseph.

Pourquoi les autres garçons ne tarabustaient-ils pas Joseph ? se demandait Slake. La réponse était peut-être d'un genre que Slake pouvait sentir, mais qu'il ne

pouvait connaître, à savoir que Joseph était mystique. Il représentait la paix dans la guerre, le bonheur au milieu de la misère, le soleil derrière la pluie.
Pendant les vacances, un camion renversa Joseph et il n'y eut plus personne pour Slake.

Ensuite, il y eut le jour du chandail – le début de toute l'histoire.
Slake avait trouvé ce chandail sur une banquette du métro quelques jours auparavant. À losanges bleus et gris, presque neuf. Le jour où il l'avait porté à l'école, les autres le lui avaient arraché du corps, lui tirant les bras en l'air et le tortillant en tous sens. Ils le lui avaient agité sous le nez, l'avaient roulé en boule et se le lançaient comme un ballon pendant que Slake courait de l'un à l'autre pour essayer de le récupérer.
— Par ici, Alfie !
— Joe ! Hop, hop !
— Louie, une passe !
— Tiens, Slake, on te le rend.
Et quand il s'approchait en confiance : « Hop ! Hop ! » par-dessus sa tête.
Puis ils lui avaient tous foncé dessus en meute, le chandail perché maintenant au bout d'un manche de brosse, et la poursuite avait commencé, autour des parcmètres et entre les stalles des marchands de légumes, dans les

impasses, à travers les terrains vagues, la poursuite qui devait se terminer comme toujours par des coups et des bosses, ou sinon par la fuite dans le métro.

Ce fut le métro, et le rêve de Slake d'être plus grand que et plus fort que, ou même juste assez grand et fort pour, l'abandonna provisoirement en même temps que son chandail presque neuf. Poursuivi jusque dans ses derniers retranchements, il utilisa son ticket et sauta dans une rame qui démarrait.

La rame gronda et se dandina sur les rails à travers la ville et Slake la quitta au carrefour de Lexington Avenue et de la 77e Rue, ce qui était inhabituel pour lui. Il descendait en général aux stations donnant correspondance avec d'autres lignes. Maintenant, il ne pourrait rentrer sans acheter un nouveau billet, pour lequel il ne possédait pas le premier sou.

Il émergea en surface dans un quartier où il n'était jamais venu auparavant, marcha, atteignit les splendeurs de la 79e Rue et de là se dirigea vers l'ouest.

Cette rue était bordée de vitrines étincelantes et de grands immeubles propres, des petits arbres bien soignés décoraient les trottoirs sans ordures. Slake fut très étonné et intéressé par l'absence de boîtes vides et de poubelles renversées, par la rareté des porches et des perrons couverts de suie et de crottes de pigeons, et par l'absence de clochards, pochards ou autres fainéants avachis sur ces porches. Avant de traverser Park Avenue, il attendit avec respect au bord du trottoir. Il poursuivit son chemin le long de la 79e Rue, traversa finalement la 5e Avenue et pénétra dans le paysage presque forestier de Central Park.

À la vue de ce parc, un souvenir revint à la mémoire de Slake, le retour d'un de ses vieux rêves : que cette année, *les feuilles resteraient sur les arbres.* Bien qu'il y eût fort peu d'arbres dans la vie de Slake, ce désir et ce rêve le reprenaient année après année. Il se mit à courir, tournant et virant le long des allées du parc et envoyant en l'air à grands coups de pied des nuages de feuilles tombées, cependant qu'au-dessus de lui quelques feuilles se cramponnaient avec ténacité à leur branche. Il courut longtemps, s'enfonçant profondément dans le parc, de plus en plus loin de chez lui, sans chandail et sans ticket de métro, mais de plus en plus pris par son rêve.

« Ce sera cette année-ci... se disait Slake tout en courant. *C'est* cette année-ci que les feuilles resteront sur les arbres ! »

Sa certitude et sa foi en son rêve lui faisaient tourner la tête. Il regarda autour de lui et ne vit qu'une vieille dame assoupie sur un banc. Elle dormait la bouche ouverte, ses cheveux avaient l'air d'une perruque.

Slake arracha une touffe d'herbe sèche au pied d'un

érable, sauta sur la première branche et, à califourchon, se mit à ficeler les feuilles restant à leur branche avec des brins d'herbe.

De toute la courte vie de Slake jusqu'alors, ce fut le moment le plus beau, le plus riche, le plus intense – mais il ne dura qu'un moment. Des cris vinrent briser son rêve ambitieux et un jardinier municipal apparut, courant, hurlant et agitant un râteau.

— Descends de là en vitesse, voyou !

Slake le regarda en clignant des yeux.

— Descends, j'te dis !

Le jardinier voulut le frapper de son râteau, mais Slake avait grimpé hors de sa portée.

— C'est bon, j'appelle la police !

Le jardinier s'éloigna au galop vers une cabine téléphonique.

Slake, complètement arraché à son rêve maintenant, l'abandonna sur la branche, sauta, roula deux fois sur lui-même et s'enfuit à toute allure. Il sortit du parc toujours courant, dégringola une volée d'escaliers et, commettant un nouveau crime, s'engouffra sans billet sous le tourniquet du métro de Columbus Circle.

Il allait y rester cent vingt et un jours.

2

SLAKE circula dans le métro pendant l'après-midi entier, traversant la ville en tous sens, la découpant en carrés en même temps que les voitures ferraillantes, jaillissant des tunnels, s'enfonçant sous le roc. Assis dans un coin, immobile comme une momie, il ressuscitait de temps à autre pour descendre à une station et monter à bord d'une autre rame en route vers quelque endroit éloigné du réseau new-yorkais. Peu importait l'endroit à Slake. Il atteignit ainsi le Bronx, Queens, Brooklyn, fit demi-tour et revint vers le West Side, descendit jusqu'à Battery, l'extrême pointe de l'île de Manhattan, remonta et sortit finalement à la station de la 42e Rue, le cœur agité et fiévreux de la ville : Grand Central Station.

Slake fut emporté à travers le labyrinthe de la station par la foule pressée et compacte, se trouva au pied d'un escalier, le monta.

Ceci est un élément important de l'histoire.
Juste au moment où il entamait l'escalade de cet escalier, une bande de garçons le descendait, troupe de petits sauvages glapissants qui surgit au-dessus de Slake, sautant, se poussant, dégringolant plus vite que l'inertie et la pesanteur semblaient le permettre. La peur saisit Slake à la gorge et le poussa aux talons. Il fit demi-tour, courut, le martèlement des pas derrière lui se mêlant au martèlement du sang dans ses oreilles, et commit son troisième crime de la journée en plongeant sous le tourniquet, une fois de plus sans payer.
— Hé ! arrêtez-le ! cria le vendeur de billets derrière son guichet, sans que personne ne lui prête la moindre attention.
Slake courait comme si le diable était à ses trousses. Il traversa toute la station, passa devant le bureau vitré du dispatching, arriva au bout du quai, sauta en bas sans un regard en arrière et s'engouffra dans le tunnel.
Il n'y avait parcouru qu'une vingtaine de mètres quand il s'éveilla de son cauchemar et comprit où il se trouvait : les pieds sur le ballast de la voie, les mains tâtonnant le long du mur. La terreur derrière, l'obscurité devant. Slake se figea sur place et se colla le dos au mur, le plus loin possible des rails et du train qui pouvait surgir d'un moment à l'autre.
Du train qui *allait* surgir !

Pris de panique, Slake chercha désespérément ce qu'il savait trouver en cet endroit, ce qu'il avait souvent aperçu depuis le quai d'une station ou de l'intérieur d'un wagon : les niches bétonnées dans lesquelles les ouvriers travaillant sur la voie se mettent à l'abri quand passe une rame. Il s'avança lentement et prudemment sur l'étroit plancher couvrant le troisième rail, celui qui transporte le courant, ses mains auscultant le mur à la recherche d'une de ces niches. Mais avant qu'elles n'en aient trouvé une, elles rencontrèrent autre chose : un trou, une ouverture irrégulière dans le mur du métro !

Slake se pencha. À la faible lumière provenant de l'éclairage du tunnel, il lui sembla distinguer un autre mur au bout de ce trou. Tremblant et épuisé, il se glissa par l'ouverture en tâtonnant devant lui d'un pied prudent pour s'assurer que le sol était solide, se redressa avec tout autant de prudence de peur de se cogner au plafond. Il ne cogna rien, et ses pieds ne reposaient plus sur les cailloux de la voie, mais sur du roc.

Slake se déplaça avec précaution, comme un aveugle qui commence à voir clair, et vit qu'il se trouvait dans un petit espace clos dont la seule ouverture était le trou irrégulier par lequel il venait d'entrer. Inoccupé et sans emploi, ce trou, faute d'un meilleur nom, sem-

blait constituer une « chambre » dans le métro. Quelques pierres et bouts de planches traînaient sur le sol. Slake s'assit, le dos contre le mur du fond.
En fait, comme il apparut par après, Slake venait d'*emménager chez lui.*

Ce trou accueillant et cette excellente cachette, le nouveau chez-soi de Slake, était le résultat d'une erreur de calcul, de la chaleur d'un jour d'été, de l'influence néfaste de l'alcool et de quelques autres circonstances fortuites que Slake ignorait et ne connaîtrait jamais. En réalité, cette chambre ne faisait pas partie du métro. Elle faisait plutôt partie de l'hôtel Commodore, contre le mur duquel Slake était assis en ce moment.
À la lointaine époque où le Commodore avait été construit, les choses n'étaient pas tellement différentes de ce qu'elles sont devenues aujourd'hui : les choses allaient parfois de travers à cette époque-là aussi. C'est ce qui s'était produit un certain jour d'été, bien des années avant que Slake ne soit né. Ce jour-là, qui se situe quelque part entre 1910 et 1920, deux ouvriers du nom de Coggins et Murone creusaient à la dynamite la vaste excavation qui allait recevoir les fondations et les caves de l'hôtel. Comme il faisait très chaud et qu'ils avaient arrosé leur déjeuner plus qu'il n'était raisonnable, surtout quand on manie des

explosifs, ils s'embrouillèrent un peu et placèrent une charge de dynamite trop puissante, et suivant un mauvais angle qui plus est. Ceci eut pour effet d'agrandir les fondations du Commodore plus loin que prévu, perçant l'épaisseur de roc qui devait séparer l'hôtel du métro et révélant l'existence d'une des nombreuses petites « grottes » creusées pendant la construction du réseau souterrain pour y entreposer provisoirement des matériaux. Au fur et à mesure de la progression des travaux dans le métro, ces grottes avaient été bouchées par le mur en béton du tunnel.

Cette découverte accidentelle valut à Coggins et Murone un petit sermon de la part de leur contremaître, à la suite de quoi le mur de fondation de l'hôtel fut renforcé à cet endroit pour compenser la perte de support latéral causée par la grotte. Les ouvriers installèrent un renfort de tiges métalliques, déversèrent du béton sur le roc du sous-sol new-yorkais et laissèrent subsister derrière ce mur une petite chambre sans porte ni fenêtre.

Au cours des ans, le béton du mur du tunnel souffrit de l'usure du temps et des vibrations du trafic. Des crevasses se formèrent et s'élargirent, des morceaux de mur tombèrent et ouvrirent peu à peu une porte à la chambre de Slake, préparée à son intention plus de cinquante ans avant qu'il n'y entre, par messieurs Coggins et Murone, dynamiteurs professionnels qui ne crachaient pas dans leur verre quand il faisait chaud.

Tout ceci démontre clairement qu'Arémis Slake, bon à rien, myope, rêveur et resquilleur, prenait en ce moment ses aises dans une chambre qui ne dépendait pas du métro de New York mais faisait partie intégrante de l'hôtel Commodore.

Il est difficile de dire quel effet cette agréable vérité aurait produit sur Slake s'il l'avait connue. Mais comme ce n'est là qu'une des nombreuses vérités agréables qui agissaient sur lui à son insu, le seul résultat pratique de la chose – l'existence de la chambre et la présence de Slake dans cette chambre – est tout ce qu'il importe de savoir.

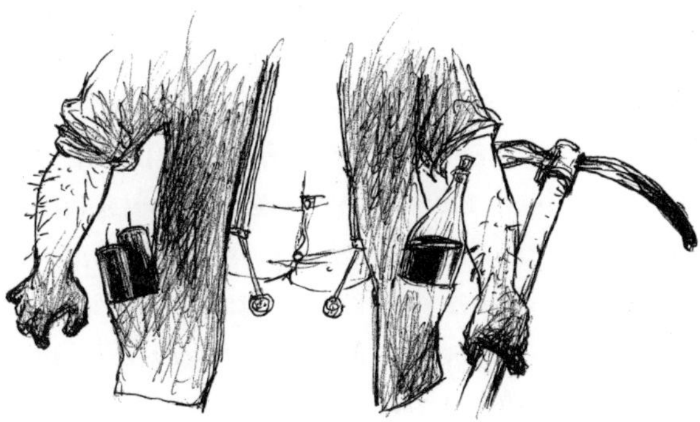

SUR UNE AUTRE VOIE

Pendant que Slake se reposait puis dormait, de nombreuses rames s'arrêtèrent à la station et passèrent devant sa grotte. Une de ces rames était dirigée par un conducteur du nom de Willis Joe Whinny.

Willis Joe n'avait pas envisagé dès le début de sa vie une carrière de conducteur de métro. Quand il était petit, il désirait par-dessus tout devenir gardien de moutons en Australie. C'était un désir très puissant qui était né en lui un samedi après-midi pluvieux, de la façon suivante : ce que Joe préférait faire le samedi était de se rendre à l'île Randall, sous le pont de Triborough, et de courir en rond le long du sentier qui faisait le tour de l'île.

Willis Joe aimait courir parce que son cerveau à ces moments-là abandonnait toute pensée et la seule chose qui comptait encore était le circuit supplémentaire que Joe s'efforçait de couvrir. Mais les samedis où il pleuvait, Joe allait au cinéma avec ses copains.

Si vous le lui demandez aujourd'hui, Willis Joe sera incapable de vous dire quel film on jouait à l'Odéon Palace le samedi où la grande ambition de sa vie était née, mais il pourra vous raconter en détail le petit film documentaire qui complétait la séance.
C'était un film sur l'élevage du mouton tourné dans un ranch d'Australie – des centaines de milliers d'hectares d'horizon illimité.
Jusqu'alors, Joe n'avait pas eu la moindre idée de ce qu'il voulait faire plus tard. Mais ces types qui s'occupaient des moutons étaient des costauds – il fallait les voir renverser un gros mouton comme rien pour le tondre ! –, ils passaient leur vie à cheval et avaient des chiens épatants qui les aidaient à garder leur troupeau. Tout cela séduisit énormément Willis Joe, qui n'était jamais monté sur un cheval, dont l'horizon entier était limité par des gratte-ciel et dont les parents ne voulaient pas entendre parler d'un chien dans l'appartement. Et l'idée de s'occuper de tous ces moutons lui plaisait.

Une rame de métro passe, pilotée par un conducteur qui rêve d'être gardien de moutons en Australie. Qu'est-ce que ça peut bien avoir à faire avec Arémis Slake ?

3

Slake était assis le dos au mur, tête baissée, le menton sur la poitrine, immobile, depuis il n'aurait pu dire combien de temps, sans dormir mais dans une sorte d'état comateux.

Des trains emportant des gens vers la droite ou vers la gauche passaient devant sa grotte, freinaient et s'arrêtaient à la station, repartaient. Ils auraient aussi bien pu ne pas exister. Slake ne clignait même pas des yeux à leur passage.

Il vint un moment où les trains se firent moins fréquents. Le tunnel connut des instants de silence, ce qui eut pour effet d'extraire Slake de sa torpeur. Il releva la tête et regarda autour de lui. Les lampes du tunnel éclairaient faiblement l'intérieur de sa chambre. Maintenant que ses yeux s'y étaient habitués, il lui était possible de distinguer où il se trouvait. C'était une chambre d'environ deux mètres cinquante de long sur un mètre vingt de large, basse de plafond. Les murs étaient en béton et poutrelles métalliques, le sol était de roc, parsemé de pierres et de quelques vieilles planches. C'était tout. Sa situation établie, Slake se rassit contre le mur de l'hôtel Commodore et respira un peu plus à l'aise.

Si Slake avait possédé le don de voir au-dessus de lui et par-delà les coins – une vision périscopique –, il aurait aperçu la grande entrée de l'hôtel Commodore sur la 42e Rue, un peu vieille et démodée mais encore élégante. Il aurait vu des taxis et des voitures de luxe déposer avec précaution des personnes fortunées devant le portail, il aurait vu ces personnes franchir les portes tournantes et se déplacer sur les tapis du hall qui s'enfonçaient sous leurs pas comme des sables mouvants. Et Slake faisait partie de tout cela ! Qu'il l'ignorât est un commentaire intéressant sur la relativité de la connaissance et de l'ignorance. Par exemple, quelqu'un pourrait être emmené en mer et noyé pendant son sommeil, et le fait qu'il n'en ait pas eu conscience ne changerait rien à la réalité, à savoir qu'il était noyé.

Ainsi, Slake, à quelques niveaux plus bas que le reste du monde, sous les planchers, sous les caves, sous les chaudières et les tuyaux, n'en faisait pas moins partie du Commodore, lequel n'en était pas moins un lieu de confort et un havre de repos pour Slake même si celui-ci l'ignorait.

L'autre aspect de la question est, bien entendu, que l'hôtel Commodore possédait une dimension inconnue de tous, un lieu secret caché en ses régions inférieures, une chambre pour laquelle aucun loyer n'était payé et maintenant une charité pour laquelle aucun remerciement n'était donné.

Que d'autres dimensions inconnues ne pourrait-on pas imaginer à partir de celle-là !

Après ces longues heures de tension puis de torpeur, Slake s'endormit, s'éveilla et se rendormit à plusieurs reprises. Il ne rêvait pas vraiment, mais dans les moments de demi-sommeil des images floues et troubles se présentaient devant ses yeux.

Des profondeurs de sa mémoire, Slake se reconstituait un passé que le présent récent et intolérable avait masqué, effacé. Sa petite enfance remontait en surface, si brève qu'il se la rappelait à peine. Il se vit – lui, le petit Arémis – en un quelconque lieu campagnard où on l'avait envoyé pour qu'il respire le bon air.

Derrière la maison – mais la maison de qui ? Mystère... Oublié... – se trouvait une ferme, très propre, et un enclos dans lequel était enfermé un cochon, très propre aussi. Les enfants de la maison s'amusaient à une sorte de jeu de balançoire avec la barrière blanche et propre de l'enclos. Pendant que le cochon, constamment occupé à manger, ne regardait pas, les enfants ouvraient la barrière, grimpaient dessus et la laissaient revenir à sa position fermée, et pendant que la barrière était ouverte, le cochon se retournait et arrivait en courant pour s'échapper, mais les enfants, avec des cris de joie, refermaient la barrière juste à temps, « à son nez et à sa barbe », comme ils disaient en riant. À son nez et à sa barbe, sauf une fois, et c'est cette fois-là que Slake se rappelait maintenant. Cette fois-là les enfants n'avaient pas été assez rapides et le cochon était sorti de l'enclos en courant. Les enfants s'étaient enfuis devant lui, d'abord en riant puis en faisant semblant d'avoir peur et de hurler de terreur. Slake courait aussi, mais il ne riait pas et, s'il criait de peur, il ne faisait pas semblant. De la maison sortirent le père et la mère. Slake courait comme si sa vie en dépendait, près de lui couraient les autres enfants, et derrière lui (trop près) couraient le cochon, puis le père des enfants. Slake, courant et courant. Vers chez lui ? Vers où ? Vers qui ?

Dans sa grotte, Slake avait cessé de courir pour un moment, et dormait.

4

AU PETIT MATIN du lendemain, Slake se rendit compte qu'il n'était pas poursuivi par la police, qu'il n'était pas l'objet d'une grande chasse à l'homme ni même de la moindre recherche. L'impression de liberté et de soulagement qu'il en ressentit fut immense. Le vide de son estomac lui faisait tourner la tête, la position inconfortable dans laquelle il avait dormi lui donnait envie de se déplacer, et ces deux conditions l'affaiblissaient au point que sa liberté nouvelle et sa sécurité lui apparurent comme en une vision, comme si un être mystique était entré dans sa grotte en flottant en l'air pour lui dire : « Slake, tu es libre ! Lève-toi et marche ! »

Étant déjà levé, Slake sortit la tête hors de son trou et sentit contre son visage un courant d'air humide. L'humidité et une odeur de renfermé étaient les traits dominants de l'atmosphère dans ce tunnel du métro, mais on pouvait aussi y détecter d'autres éléments. Slake perçut quelque chose qui sentait l'essence, et quelque chose qui sentait l'oignon et les cacahuètes. L'essence ne l'intéressa pas, mais les cacahuètes, si, et pas un peu.

Il inspecta le tunnel jusque dans ses profondeurs, s'assura qu'aucun train n'approchait et sortit de sa grotte. Il suivit les rails en se tenant collé au mur, jusqu'à l'entrée de la station. Là, il traversa la voie et, caché sous le quai, jeta un coup d'œil au bureau du dispatching. Quelqu'un s'y trouvait et Slake ne voulait prendre aucun risque. Il se glissa sous le rebord en surplomb du quai et trotta plié en deux, invisible, sur toute la longueur de la station. Parvenu à l'autre bout, il se releva prudemment et aperçut des voyageurs attendant le métro près de la sortie des escaliers, vers le milieu du quai et loin de lui. Il escalada rapidement les quelques marches qui permettaient aux ouvriers de descendre sur la voie et, une fois sur le quai, s'efforça de ressembler à quelqu'un qui vient d'arriver et attend la rame, ce qui lui réussit parfaitement. Pour une des rares fois de sa vie, Slake se sentit plein de fierté et de confiance en lui. « Je suis un acteur, un grand acteur... »

Il grimpa une volée d'escaliers et découvrit près des tourniquets la source de cette odeur qui ressemblait à de l'essence. Ce n'était pas de l'essence, mais un désinfectant incroyablement puissant et puant utilisé dans les toilettes publiques. Slake examina les lieux. L'être humain qui avait été choisi pour nettoyer et désinfecter l'endroit s'en allait justement, laissant derrière lui un sol rutilant et des W.-C. étincelants. Peut-être était-ce là un travail ingrat, mais Slake se sentit plein de gratitude. Son expérience des toilettes d'école, de métro et d'immeubles à appartements était assez étendue pour qu'il sache qu'une telle propreté était rare et précieuse, et qu'il ne fallait pas rater l'occasion d'en profiter. Il se lava la figure et les mains à grande eau dans un évier, but dans ses mains, utilisa les toilettes.

En se servant ainsi généreusement de l'eau de la municipalité, Slake se rendait compte que c'était un des rares matins de sa vie dont il se souvienne où il n'avait pas été arraché à son sommeil par des cris et des taloches pour être expédié dans un monde hostile et surpeuplé. Dégoulinant et grelottant, il se sentait cependant moins traqué et misérable que d'habitude.

Il passa ses doigts mouillés dans ses cheveux pour les sécher et se mit à penser à son estomac cruellement vide. Quelles allaient être les possibilités de le remplir, il n'en avait pas la moindre idée.

Slake s'aventura dans les vastes corridors où se croisaient et se bousculaient les voyageurs. Une masse de passagers débarqués d'une rame l'engloutit et Slake se

laissa emporter par leur élan. Ils semblaient vouloir le pousser le long d'une galerie bordée de boutiques, mais personne ne prêtait la moindre attention à lui.
« Ils ne me remarquent même pas, se dit-il. C'est comme si j'étais invisible. »
Mais lui-même pouvait se voir reflété dans les vitrines des boutiques, encore fermées à cette heure, et il savait bien qu'il n'était pas invisible quoiqu'il eût souvent souhaité le devenir. Cependant, son reflet dans les vitrines lui rappela qu'il existait réellement et donc qu'il avait faim et froid. Ces deux états lui étaient familiers et n'avaient rien de dramatique. Il les supportait aisément jusqu'à un certain point, tout comme les autres désagréments de l'existence.
Puis Slake passa devant une vitrine derrière laquelle des gens se tenaient debout à un comptoir ou assis sur des tabourets. Ils semblaient occupés à manger et boire des choses, le plus vite possible, à la façon dont Slake mangeait en général le matin, debout devant le frigo. Il s'arrêta pour regarder, pressant son visage contre la vitre afin de mieux voir. Des clients tapotaient impatiemment sur le comptoir avec une pièce de monnaie, attendant d'être servis, et quand leur café arrivait, ils se le versaient dans le gosier comme s'il n'y avait pas eu besoin d'avaler par gorgées. Slake restait planté là comme s'il regardait un film. Un homme

assis sur un tabouret, son porte-documents de cuir coincé entre ses chevilles, agita la main pour attirer l'attention de la serveuse. Sans se presser, celle-ci remplit une tasse de café bouillant au grand percolateur de métal brillant et la posa devant le client qui jeta une pièce de monnaie sur le comptoir et prit son café. Il aspira prudemment, fronça les sourcils, tenta à nouveau de boire. C'était trop chaud pour lui. Avait-il un gosier plus sensible que les autres ? Il regarda sa montre, empoigna son porte-documents et s'en alla, le visage furibond. La tasse de café fumant demeura où il l'avait abandonnée. *Slake entra.*

Il s'arrêta devant la tasse de café, le cœur battant à tout rompre. Jamais de toute sa vie il ne s'était trouvé ainsi devant un comptoir au milieu de gens aussi bien habillés. Il ne savait pas à quoi il fallait s'attendre, mais fut fort surpris que rien ne se produise. Il attendit. Il tendit la main et prit la tasse. Il ne se passait toujours rien. Le café était encore chaud. Slake remarqua que les clients se servaient librement dans de grands bols pleins de petits cubes de sucre emballés dans du papier. Il s'empara rapidement d'un sucre. Il en prit un second, les regarda absorber le café puis tomber en poussière et fondre. Il prit un troisième sucre, le déballa et le trempa légèrement dans le café, puis le mangea. C'était délicieux. Il avala une gorgée de café,

lentement, et le liquide chaud et sucré lui réchauffa la gorge, l'estomac et tout le reste. Son cœur se calma. Quand il se risqua à jeter un coup d'œil en coin à la serveuse, elle ne lui parut pas surprise de le voir là.
« Elle croit que c'est mon café », pensa Slake.
Il ne se pressait pas. Un assortiment entier de clients eut le temps d'arriver et de s'en aller pendant qu'il buvait son petit déjeuner. Il trempa six sucres et en glissa deux autres dans sa poche en prévision de l'avenir. Quand Slake quitta le snack-bar, il avait moins froid et se sentait moins tourmenté par la faim. En fait, pour le moment Slake ne se sentait tourmenté par rien du tout.
Un peu plus loin, après avoir franchi quelques couloirs et monté un escalier, Slake déboucha soudain dans un immense espace vide : la salle des guichets de la gare de chemin de fer de Grand Central. Ce lieu froid et dangereusement dépourvu de cachettes le fit penser à son école. Aussitôt, la seule idée de l'école et l'éventualité de devoir y retourner déclenchèrent en Slake deux sensations véritablement horribles, l'une lui descendant de la gorge et l'autre lui remontant des genoux. Quand les deux entrèrent en collision quelque part au niveau de son ventre, Slake était arrivé à une décision : ne pas retourner à l'école, ne retourner nulle part. Ce n'était pas vraiment une décision, plutôt

le contraire même : une non-décision, l'absence et l'arrêt de toute volonté et de tout mouvement. Slake se bloqua tout simplement là où il se trouvait, et ne bougea plus. La foule n'avait pas cessé de l'entourer et de le bousculer, mais Slake oscillait ou pivotait sans plus changer de place. Ses yeux s'étaient fixés sur un point du mur qui lui faisait face, où la plus énorme affiche qu'il ait jamais vue montrait en couleurs un paysage magnifique avec une chute d'eau, l'écume et les embruns si mouillés et si réels que Slake crut les sentir sur son visage.

Il demeura ainsi très longtemps, regardant la chute d'eau. Finalement, peut-être à cause de la position inconfortable de sa nuque, il baissa lentement la tête, redescendit sur terre et examina les environs. L'heure de pointe était passée, la foule était moins dense et Slake put se déplacer plus librement, sans but ni direction. Il découvrit une salle d'attente sombre où s'alignaient de longues banquettes de bois verni. Quelques personnes seulement s'y trouvaient encore, chacune seule sur un banc. Slake s'assit.

Il y avait là un kiosque où l'on vendait des journaux, des cigarettes, de petits jouets en plastique et quantité d'autres marchandises. Slake regarda un moment les gens qui achetaient des journaux et des cigarettes, puis il remarqua quelque chose : quand les voyageurs se levaient et quittaient une banquette pour aller prendre leur train, certains abandonnaient leur journal derrière eux. « Pourquoi l'ont-ils acheté, alors ? » se demanda-t-il. Il ne trouva pas de réponse, mais quand un homme assis non loin de lui se leva et s'en alla en laissant son journal, Slake se l'appropria. Tout d'abord il se contenta de le regarder sans vraiment le lire, puis il le plia en deux, le fourra sous son bras et se mit à marcher lentement le long des banquettes.

Il n'y avait pas d'autres journaux sur la rangée de sièges qu'il venait de quitter, mais il en trouva un dans la rangée suivante. Le troisième journal qu'il ramassa, plié en deux, contenait un gant de dame. Slake le prit en main, l'examina et, ne sachant qu'en faire, le remit dans le journal. Sur une autre banquette, il trouva une boîte de pastilles pour la toux qui contenait encore une pastille. Il la prit aussi. Slake ne savait pas exactement pourquoi il faisait ça, mais il avait appris très tôt dans la vie que si une chose est perdue, abandonnée ou jetée, il faut se l'approprier immédiatement et se demander plus tard à quoi elle pourra servir. En vertu de ce principe, après avoir parcouru deux fois toutes les rangées de banquettes de la salle d'attente il avait acquis quatre *Daily News* et trois *New York Times*. Il avait ramassé également trois boutons, un crayon et la tête d'une poupée en plastique.

Slake distribua ces objets dans ses poches, puis s'assit pour lisser les journaux sur ses genoux et les remettre proprement dans leurs plis. Quand il trouva le gant oublié, il l'enfila à sa main gauche. Puis il se leva et se remit en route vers les quais du métro.

Avant qu'il ait eu le temps de parcourir vingt pas, un homme surgissant sur son chemin l'empoigna par l'épaule. Slake s'immobilisa, paralysé de terreur.

— *News* ! aboya l'homme.

Slake le regarda sans comprendre.

— *News* ! répéta l'homme et, sans attendre, il arracha à Slake un de ses journaux, lui colla de la monnaie dans la main et reprit sa route en courant. Slake se retourna et le regarda s'éloigner. Il retint son souffle un moment, puis considéra les quinze *cents* posés sur sa paume.

Slake manquait peut-être d'expérience, mais il n'était pas stupide. Il comprit qu'*il venait d'entrer dans les affaires.*

Maintenant, Slake se dirigeait résolument vers la partie du métro d'où il avait émergé au début de la matinée. Il s'arrêta près des tourniquets, ne quittant pas des yeux l'employé qui vendait des billets derrière un guichet. Quand il le vit occupé avec un voyageur, Slake se baissa comme pour ramasser quelque chose et se glissa sous le tourniquet, à demi mort de peur. Slake n'était pas un criminel-né et ne commettait pas de tels délits plus facilement que les autres actes permis de l'existence. Il descendit l'escalier qui menait au quai et là, hésitant, son cœur lui battant aux oreilles, se mit à marcher de long en large, bien en vue. Les voyageurs attendant la rame se tenaient appuyés au mur et regardaient fixement devant eux, ou marchaient d'un air impatient.

« Ils ne me voient pas », se dit Slake, qui cette fois souhaitait être visible.

À ce moment, un homme qui regardait le vide, comme les autres, parut s'apercevoir de sa présence.

— Hé ! un journal ? proposa Slake, d'une voix si faible qu'il se demanda si ses mots avaient pu être entendus ailleurs que dans sa propre tête ou même s'ils avaient été réellement prononcés.

L'homme inclina la tête vers lui :

— Qu'est-ce que tu veux ?

— Journal ? dit Slake, si haut cette fois que plusieurs personnes se tournèrent vers lui.

— Non, merci, dit l'homme, mais un autre homme s'approcha et dit : « Donne-moi le *Times* » en tendant de la monnaie. Slake lui donna un journal. Avec les quinze *cents* qu'il avait déjà reçus pour le *News*, ça faisait trente *cents*, et sans se fatiguer !

Une rame arriva et la scène changea. Le quai se vida soudain comme un évier dont on a retiré le bouchon. Slake resta là, frissonnant de temps à autre quand un courant d'air soufflait depuis le tunnel. À part ça, il ne faisait pas exceptionnellement froid pour un mois de novembre. Les voyageurs du métro n'avaient pas le nez rouge et n'étaient pas encore chaudement emmitouflés comme ils le seraient plus tard au cours de l'hiver.

Bientôt, le quai se regarnit. Les murs supportèrent à nouveau des gens appuyés. Un petit garçon mit la patience de sa mère à l'épreuve en voulant à toute force s'approcher du bord du quai. Trois jeunes filles riaient tout haut en bavardant.

Slake se racla la gorge :

— Journal ?

Les filles le regardèrent distraitement, puis l'une d'elles dit :

— Tu ferais bien d'ouvrir l'œil pour les flics. Je n'ai jamais vu vendre des journaux sur les quais, c'est sans doute interdit.

Elle se retourna vers ses deux amies et se remit à rire.

— Eh ! ça c'est pas mal, un journal ! dit un bonhomme d'un ton joyeusement étonné. Il fourra de l'argent dans la main de Slake et prit un exemplaire du *News*. « Journal » semblait être ici un mot magique auquel les gens ne pouvaient résister.

Quand la rame suivante arriva, Slake, ébloui par son succès, y monta avec les autres voyageurs. Il n'avait aucun but précis. Les gens qui venaient d'embarquer se creusaient une place sur les banquettes ou, restés debout, se cramponnaient aux poignées de cuir pendant au plafond, qui se mirent aussitôt à les manipuler comme des marionnettes, en avant, en arrière, en avant. Slake se tenait près de la porte. Tout à coup, un homme assis au bord de la banquette lui fit signe.
Slake s'approcha.
— Le journal ! dit l'homme en lui posant une pièce de vingt-cinq *cents* dans la main.
Slake paniqua. Quel journal voulait ce type ? Il ne l'avait pas dit. Et en plus il aurait fallu lui remettre de la monnaie. Slake lui rendit sa pièce en secouant la tête.
— Le *Times* ! dit l'homme d'un ton impatient.
Slake parvint à pêcher une pièce de dix *cents* dans sa poche. Cette vente inattendue et compliquée l'avait secoué. Il se hâta de descendre à la station suivante.
Épuisé maintenant par cette première mésaventure dans le monde des affaires, Slake désirait cesser provisoirement son commerce. Il regarda les journaux qui lui restaient. L'un était un peu déchiré, mais les autres étaient encore vendables... Non, ça suffisait pour le moment, et d'ailleurs il savait à quoi utiliser ces journaux. Il les glissa sous sa chemise, traversa la station

pour atteindre l'autre quai et prit la rame suivante. Cette fois, il savait où il allait.
Slake descendit à Grand Central. Tout d'abord il monta les escaliers et acheta une plaque de chocolat de dix *cents* au distributeur automatique, puis il redescendit vers l'autre quai, le longea jusqu'à l'extrémité la plus éloignée du bureau du dispatching et descendit rapidement les marches menant à la voie. Collé contre le mur du tunnel, il attendit prudemment qu'une rame soit arrivée puis repartie, pour être sûr que la voie serait libre ensuite pendant plusieurs minutes, se glissa sous le rebord du quai et trotta plié en deux jusqu'à l'autre bout, puis dans le tunnel. Il tâtonna prudemment à la recherche du trou d'entrée de la chambre où il avait dormi, paniqua un moment parce qu'il ne le retrouvait pas, puis le trouva quand même et se faufila dans le trou. Slake était rentré chez lui.

Il se mit au travail immédiatement sans attendre que ses yeux se soient habitués à l'obscurité. Après avoir pris les journaux sous sa chemise, il les chiffonna feuille par feuille pour en faire des boules pas trop serrées. Il plaça une trentaine de boules par terre dans un coin et les encadra avec deux planches pour qu'elles ne s'éparpillent pas. Par-dessus il étendit trois doubles feuilles de journal. Et voilà un lit.

Il plia ensuite quelques feuilles du *News* sur plusieurs épaisseurs et les disposa sous sa chemise, devant et derrière. Il enroula deux autres feuilles autour de ses bras et les attacha avec ses lacets de soulier. Ensuite il s'assit sur son lit pour se reposer.

Après quelques minutes, Slake sortit de ses poches les deux cubes de sucre du snack-bar, la pastille pour la toux et la plaque de chocolat. Il avait faim, mais pas plus que d'habitude, ça pouvait attendre.

C'est seulement alors qu'il se sentit fermement résolu à s'installer là pour toujours. Pas une seconde il ne lui vint à l'idée de se demander s'il était possible de survivre dans le métro, mais s'il s'était posé la question, la réponse aurait été facile. Slake savait que la vie est une plante tenace et résistante qui réussit à pousser dans le gravier des cours, entre les pavés disjoints des trottoirs et au cœur des impasses les plus sombres. Elle pousserait aussi bien dans le métro que n'importe où ailleurs.

Sur une autre voie

L'idée de devenir gardien de moutons en Australie n'avait jamais tout à fait quitté Willis Joe. Parfois, quand il se promenait dans les rues, il s'amusait à un petit jeu qu'il aimait bien : il regardait les vitrines des magasins et choisissait ce qu'il prendrait si on lui permettait de prendre ce qu'il préférait par-dessus tout. Il y avait des vitrines pleines de montres ou d'instruments de musique ou d'outils, mais rien de tout cela ne lui plaisait autant que le grand chapeau à large bord qu'il porterait sans doute pour mener son troupeau, là-bas en Australie. Et l'idée resta en lui, même après que ses copains eurent quitté l'école pour aller travailler dans une usine ou un garage ou un bureau ici ou là, à Manhattan, ou Brooklyn, ou à l'autre bout du pays. Une année sur deux, sa mère l'emmenait en vacances chez sa grand-mère, dans la vieille maison familiale au fond de l'Iowa. Willis Joe attendait avec impatience ces

voyages en autocar Greyhound. Il aimait bien sa grand-mère. Un jour elle lui avait demandé ce qu'il voulait faire quand il serait grand ; il le lui avait dit. D'être exprimée en paroles, l'idée en devint plus réelle encore.
— Gardien de moutons ! s'était écriée sa grand-mère en riant. Dans le temps, quand j'étais jeune, j'ai connu un homme qui travaillait dans un élevage de moutons au Montana et on ne le reconnaissait pas de ses moutons tellement il puait ! Un jour où il s'est montré un peu trop familier avec moi, je ne me suis pas gênée pour le lui dire, et tu sais ce qu'il m'a répondu ?
Willis Joe demanda avec beaucoup d'intérêt ce que l'homme aux moutons avait répondu.
— Il m'a dit – ici sa grand-mère imita une grosse voix bourrue d'homme –, il m'a dit : « Ma'ame, la différence entre moi et un mouton, c'est que moi j'ai une âme ! » Voilà ce qu'il m'a dit : il avait une âme. Ça se peut bien, mais il en fallait plus que ça pour me séduire quand j'étais jeune !
Et sa grand-mère fut la seule personne vivante à qui Willis Joe parla jamais de son rêve.

5

UNE SORTE d'ordre s'établit dans la vie de Slake.

Il s'éveillait tôt et régulièrement à la même heure, habitude rapidement acquise du fait que l'heure de pointe du matin était favorable au commerce.

Après le premier jour, il ne se rendit plus à la salle d'attente en quête de journaux parce que ça l'obligeait à franchir les tourniquets, mais il découvrit rapidement d'autres sources d'approvisionnement. Il commençait généralement la journée par une descente au niveau le plus inférieur du métro, où il prenait la ligne est-ouest jusqu'à Times Square et retour, ramassant systématiquement les journaux que les voyageurs avaient lus pendant le long trajet depuis leur lointaine banlieue. Il les lissait et les pliait pendant le retour puis remontait les escaliers jusqu'au niveau où il habitait.

Une autre source de marchandises était fournie par les

corbeilles à papiers près des tourniquets. De nombreux journaux en parfait état y étaient jetés, mais il n'y avait nulle part où Slake puisse les plier proprement pour les rendre présentables, aussi préférait-il ceux de la ligne est-ouest.

En moins d'une semaine, il eut deux clients réguliers, et plusieurs autres irréguliers. Un des deux bons clients était un homme grand et mince, coiffé d'un turban, qui souriait d'un air complice chaque fois qu'il tendait sa monnaie à Slake, comme si c'était lui-même, pensa Slake, qui faisait quelque chose de malhonnête. Parce que Slake n'avait pas tout à fait surmonté son impression de tromper ses clients en leur revendant des journaux d'occasion au prix d'un journal neuf. Mais, se disait-il, ce n'était pas lui qui avait commencé ce commerce. Quelqu'un avait voulu lui acheter un journal. Était-ce sa faute ?

Le second client régulier était une cliente, une dame rondouillette toujours vêtue d'un long manteau et coiffée d'un grand béret de laine. Elle mettait très longtemps à fouiller son volumineux sac à main à la recherche de monnaie et la trouvait le plus souvent sous la forme de pièces d'un *cent* éparpillées au fond de son sac. Tout en farfouillant elle bavardait toute seule, informant Slake des progrès de sa chasse à la monnaie, parlant du temps qu'il faisait, de la vie en général et de sa petite famille en particulier. Elle était presque toujours de bonne humeur et son bavardage faisait pendant un moment un agréable bruit de fond, comme un poste de radio parlant tout bas dans la pièce à côté.

Après deux jours dans le commerce des journaux, Slake se trouva en possession d'une fortune se montant à un dollar et trente-cinq *cents*, comprenant quelques pièces qu'il avait trouvées à terre. Quand il eut vendu son dernier journal, Slake se dirigea vers le snack-bar où il avait bu un café la veille. Il se sentait un peu nerveux au moment d'entrer, mais la faim le poussa. Il passa commande très prudemment, comparant l'argent qu'il avait en poche avec le menu écrit en grandes lettres sur une pancarte pendue derrière le comptoir. Il se décida pour un bol de potage et un sandwich au jambon. Le potage était servi accompagné de deux petites biscottes emballées dans du papier. Slake mit les biscottes dans la poche de son pantalon. Puis il prit une serviette en papier, y enroula la moitié de son sandwich et la mit dans la poche de sa chemise. Ensuite seulement il mordit dans la moitié restante du sandwich et prit une cuillerée de potage.
C'était un vrai repas de gala, mais Slake ne se laissa pas tourner la tête par le luxe et la fortune. Il fallait

être prévoyant. Il rassembla tout son courage et demanda quelque chose.

— Quoi ? dit la serveuse.

— Du ketchup, répéta Slake.

— Du ketchup ? Avec du jambon ?

Elle riait, mais en vérité elle était habituée à ce qu'on lui demande n'importe quoi, parfois plus bizarre encore, et elle n'était pas du tout étonnée. Le ketchup était servi en petites pochettes de plastique, ainsi que Slake l'avait repéré. Il fourra les pochettes de ketchup dans sa poche et, tout en mangeant le sandwich et le potage, barbota aussi plusieurs cubes de sucre.

Slake savait très précisément ce que le repas allait coûter : un dollar et cinq *cents*. Une grosse somme. Quand la serveuse déposa la note devant lui, il compta sa monnaie soigneusement, mit la somme exacte sur le comptoir et se glissa bien vite en bas du tabouret.

L'estomac mieux rempli qu'il ne l'avait été depuis longtemps, Slake était prêt maintenant à explorer son nouveau voisinage. Il passa deux heures à parcourir les couloirs du métro et les galeries de boutiques pour se familiariser avec les lieux.

Son terrain de chasse souterrain se composait de plusieurs niveaux. Tout en bas, à vingt mètres sous la surface, se trouvait le quai de la ligne est-ouest, au-dessus duquel s'élevait un vaste plafond blanc voûté. Avec

ses murs blancs décorés de lignes rouges et bleues et ses banquettes jaunes, cette station ressemblait plus à un cirque qu'à un métro. Au-delà du quai, le tunnel plongeait sous l'East River en direction de Queens.
Au-dessus de ce niveau passait la ligne nord-sud de Lexington Avenue. Slake habitait sur la voie « direction sud ». Sur la voie « direction nord », il travaillait. Cette station-ci n'avait rien d'un cirque, elle était plutôt morne malgré ses piliers peints en bleu, mais l'attention de Slake fut retenue par les petites silhouettes de locomotive en mosaïque incrustées à intervalles réguliers dans les carrelages du mur.
À l'étage supérieur se trouvaient les tourniquets, le guichet des billets, une machine distributrice de chocolat et un petit comptoir où on vendait des boissons. Puis venait une longue galerie bordée de boutiques de toutes sortes : le snack-bar où Slake venait de manger, un magasin d'appareils photographiques, un marchand de journaux, un fleuriste, un bijoutier, un réparateur de montres, un magasin de confection et encore d'autres boutiques, dont celle d'un cireur de chaussures qui était un garçon d'environ le même âge que Slake. C'était une véritable petite ville sous la ville, une île isolée dans l'océan de New York.

Dans son île sous la ville, Slake voyait passer des trains, pleins de gens, pleins de vie. Qui allaient quelque part. Où ? Lors de ses fuites dans le métro autrefois, peut-être n'était-il pas allé assez loin pour le découvrir. Slake décida de consacrer ses après-midi à de longues excursions en métro. Les premiers voyages furent entrepris au hasard : il allait simplement là où une rame le menait, changeait de ligne quand l'idée le prenait. Il se laissait conduire par le métro.

Mais bientôt Slake prit la direction des opérations et organisa un vaste plan d'exploration. Après avoir étudié longuement la carte du réseau affichée dans les wagons, il divisa la ville en secteurs : d'abord les cinq arrondissements*, chacun subdivisé ensuite en petites sections. Pendant la durée de son séjour dans le métro, Slake parvint à explorer systématiquement chaque mètre des deux cent vingt kilomètres du réseau souterrain et à connaître une par une ses deux cent soixante-cinq stations. Mais comme il se refusait à circuler en surface là où les rames roulent sur des viaducs métalliques, sans doute peut-on dire que son exploration ne fut pas tout à fait complète.

Parfois Slake voyageait en regardant à travers la vitre

* New York est divisé en cinq *boroughs* (cantons, arrondissements) : l'île de Manhattan, Bronx, Brooklyn, Queens, Richmond. *(N. du Tr.)*

d'une fenêtre comme s'il y avait eu quelque chose d'intéressant à voir sur les sombres murs bétonnés du tunnel. Il fut bientôt si familiarisé avec cet univers souterrain qu'il devint capable de sentir à l'avance quand on approchait d'une station et de savoir quelle station c'était.

D'autres fois il voyageait debout tout à l'avant de la première voiture, juste à côté de la cabine du conducteur, et regardait les rails accourir, se croiser, se séparer et se rejoindre. Il repérait les feux verts donnant la voie libre, les feux jaunes avertissant de ralentir, les doubles feux rouge-jaune ou jaune-vert aux aiguillages. Il finit par connaître et comprendre les signaux du métro comme un homme des bois connaît et interprète la nature autour de lui : les signaux le long de la voie annonçant un virage ou une descente, ou indiquant au conducteur la vitesse à adopter sur telle section. Les ouvriers travaillant sur les voies balançaient leurs lanternes et agitaient leurs drapeaux, le conducteur répondait d'un coup de sirène. Slake regardait approcher les trains sur l'autre voie, regardait le galet de contact cracher des étincelles le long du troisième rail qui disparaissait au loin dans le tunnel.

C'est ainsi que Slake, Christophe Colomb des profondeurs, découvrit l'Amérique.

Slake passait un temps considérable à déchiffrer les messages inscrits dans le métro. Un habitant du métro n'a pas besoin de posséder une bibliothèque ni de trimballer un livre dans sa poche : la lecture se trouve tout autour de lui. Les parois des wagons portaient des milliers de noms et de messages écrits au crayon feutre ou à la bombe à peinture : Zip 168, Big Man, Louie 125, Hum Bug. On pouvait aussi déchiffrer d'intéressantes communications, surtout sur les murs des stations, parfois sous forme de petits dialogues, ou de questions et réponses :

JÉSUS SAUVE

Sauve qui peut !

OÙ EST PASSÉ SMITHY ?

EN CABANE !

Au secours !
UN RAT M'A MORDU

Mords-le aussi, ballot !

Slake aurait aimé écrire un message, lui aussi, mais au début il n'avait rien pour écrire et plus tard il n'en trouva jamais l'audace. Un message qu'il aimait beaucoup disait :

SAUVEZ LE MONDE POUR
BENNY POMERANTZ

À la fin de sa journée d'exploration, quand il sentait approcher l'heure de pointe du soir, Slake retrouvait son chemin à travers le labyrinthe des tunnels et descendait enfin à Grand Central. Il y revenait avec la sensation agréable de rentrer à la maison, mais se montrait toujours très prudent pour regagner sa grotte. Il allait au bout du quai le plus éloigné de la cabine du dispatching, se glissait sous le surplomb du quai dès qu'un train était passé et traversait toute la station à quatre pattes, invisible. Puis venait un moment de corde raide en équilibre sur la couverture du troisième rail, puis le trou, et Slake était chez lui.

Il craignait toujours d'être vu au moment où il descendait sur la voie, mais il fut bientôt si habitué que deux fois seulement quelqu'un le remarqua. La première fois, une petite fille qui se promenait loin de sa maman l'aperçut collé contre le mur au pied des marches et lui demanda :

— Qu'est-ce que tu fais ?

— Je travaille là, dit Slake en se courbant et en disparaissant sous le quai.

La seconde fois, un bonhomme qui marchait de long en large en attendant son train le vit descendre les marches et cria :

— Hé là-bas !

Comme Slake ne s'arrêtait pas, le bonhomme se retourna et pointa du doigt et gesticula en demandant : « Où allait ce gosse ? » mais il n'y avait personne assez près de lui pour l'entendre. Le temps qu'il se rapproche de la partie du quai où se trouvaient des gens, Slake était déjà loin, en route vers l'autre bout de la station et la sécurité de sa grotte.

Un jour, en fin d'après-midi, alors qu'il rentrait à la maison, Slake découvrit un trésor sous le quai : deux lanternes électriques sur piles laissées par une équipe d'ouvriers. Il s'en empara sans hésitation. À partir de ce moment, la grotte fut éclairée.

Quand Slake s'installait le soir pour manger, son dîner l'attendait dans la poche de sa chemise : la seconde moitié du sandwich du déjeuner. Ce n'était pas énorme, mais suffisant pour survivre : deux épaisses tranches de pain, quelque peu écrabouillées dans sa poche, une tranche de jambon, un morceau de feuille de laitue plutôt fanée. Et Slake n'avait pas négligé une chose des plus importantes : l'eau. Il avait trouvé et acquis différents objets utiles parmi lesquels plusieurs boîtes de Coca vides qu'il avait rincées dans l'évier des toilettes et qu'il conservait remplies. Et il commençait à envisager un emploi possible pour deux ou trois autres de ses trouvailles.

De toute son existence, jamais Slake n'avait possédé une chambre à lui. En fait, il n'avait jamais possédé de chambre du tout, rien que la cuisine. Jamais un coin à lui, sauf une fois quand il avait habité un immeuble sur le toit duquel se trouvait un vieux pigeonnier abandonné. Là, loin au-dessus des rues, au cours des après-midi de son enfance presque oubliée, il avait passé de nombreuses heures hors de portée des poings des copains et de la voix de sa tante.

Maintenant, loin *sous* les rues, il jouissait du confort d'une chambre bien à lui.

Dans le passé de Slake, sa tante avait occupé une place importante et représenté une source permanente de désagréments. Un jour, elle avait envoyé Slake chez l'épicier du coin avec un plein cabas de bouteilles vides à se faire rembourser. Slake savait qu'il n'arriverait jamais jusqu'à l'épicerie avec les bouteilles. Comment le savait-il ? Il le savait parce qu'il le savait. À mi-chemin il fut attaqué par trois garçons qui lui prirent toutes les bouteilles et Slake revint sans un sou.

La tante lui était tombée dessus. Tout d'abord elle l'avait traité de menteur et avait fouillé ses poches, puis elle l'avait traité de voleur et accusé d'avoir acheté des bonbons avec l'argent. Enfin, s'étant persuadée qu'il n'avait pas eu le temps d'aller à l'épicerie, chez le marchand de bonbons, et d'avaler les bonbons, elle l'avait traité de bon à rien et s'était plainte amèrement de son insouciance, de sa distraction et de son inutilité, et avait prédit qu'il ne deviendrait jamais rien de bon dans la vie... dans la vie... dans la...

Dans sa grotte, Slake dormait.

6

SLAKE commençait maintenant à se sentir une responsabilité envers ses deux clients réguliers et même envers quelques autres irréguliers. La dame au béret de laine et l'homme au turban comptaient sur lui pour leur journal, il ne s'agissait pas de les décevoir. Slake essayait de les servir les premiers, quoiqu'il se sentît toujours un peu nerveux et apeuré quand l'homme au turban approchait.

La dame comptait sa monnaie, en monologuant :

— En voilà un... Ah ! deux... pêchant un *cent* dans la doublure de son sac. Trois, quatre... Je sais qu'il y a un tas de pièces d'un *cent* là quelque part, je les y ai mises hier soir. Je les ai trouvées entre les coussins du divan. Tu savais que les *cents* tombent plus souvent derrière les coussins que les autres pièces ? Je me demande comment ça se fait...

Slake n'en savait rien.

— Quand mon fils vient à la maison, il y a chaque fois des pièces qui tombent de ses poches. Pourquoi a-t-il toujours autant de petite monnaie en poche, je me le demande aussi...
Slake n'en savait rien non plus. C'était comme une histoire racontée par petits morceaux en même temps que les pièces d'un *cent* émergeaient du sac de la dame. Elle avait un fils qui venait souvent la voir et chaque fois qu'il s'asseyait sur le divan, des pièces d'un *cent* tombaient de ses poches derrière les coussins. Ce fils était-il si négligent ? Ou avait-il des trous à ses poches ? Slake s'aperçut qu'il s'interrogeait au sujet de ce fils. Quel métier faisait-il ? Où habitait-il ? Pourquoi venait-il voir sa mère si souvent ?
— Tu sais, dit un jour la dame en fouillant dans son sac à main, ça devient de plus en plus dangereux dans le métro, on ne se sent vraiment plus en sûreté nulle part, le jour aussi bien que la nuit. Il y a des fois où j'ai vraiment peur ! Quelqu'un est assis là près de toi, bien convenable, et c'est peut-être lui qui va t'attaquer pour te voler ton sac, ou t'assassiner... Il y a quelques mois, ici même, une femme a été poussée en bas du quai quelques minutes à peine avant que j'arrive. Et un monsieur a été poignardé ! Sois bien prudent, tu entends ?
Slake ne comprenait pas très bien pourquoi elle

racontait tout ça. Ces gens dans le métro n'étaient-ils pas les mêmes que ceux qu'on rencontrait dans les rues ? En quoi ce que décrivait la dame était-il si différent de ce que Slake avait connu à la surface ? Quant à être prudent, il n'était pas nécessaire de le lui recommander : Slake avait passé sa vie à être prudent. La nuit, il était en sûreté dans sa grotte, à l'abri de la civilisation et hors d'atteinte des bandes bruyantes de jeunes voyous qui envahissaient le métro, soûls ou drogués, éveillant de leurs cris les échos des couloirs, qui venaient peut-être décorer les murs avec leurs bombes de peinture, écrire leurs messages, transmettre leur souvenir aux générations futures. Pas besoin de conseiller à Slake d'ouvrir l'œil. Il vivait constamment aux aguets de tout ce qui pouvait se montrer hostile, et n'importe quoi ou n'importe qui en dehors de lui-même s'était montré hostile un jour ou l'autre.

— Treize, quatorze, disait la dame. Zut, voilà mon train ! Je te dois un *cent*, je te le donnerai demain ! cria-t-elle en courant, et de l'intérieur du wagon elle agita la main en riant pour lui dire au revoir.

Le lendemain, elle lui donna le *cent* manquant et ne dut pêcher que six piécettes dans son sac parce qu'elle y trouva aussi une pièce de dix.

— Voilà trois... et quatre... Non, c'est un bouton de la veste de mon fils. Je l'ai trouvé sur le divan avec la monnaie.
Son fils venait-il donc la voir tous les jours ? Slake apprit bientôt la réponse : il rendait visite à sa mère les soirs où il allait jouer au bowling, et elle lui offrait à dîner.
— Et voilà seize. Tu n'as pas froid ?
Slake secoua la tête et lui tendit son journal en la regardant de côté et par-dessous d'une façon qui lui donnait l'impression de voir sans être vu.
— C'est bien pratique de pouvoir acheter le journal ici, dit la dame, cependant qu'un homme s'approchait d'eux, fourrait de l'argent dans la main de Slake et prenait un journal sous son bras. C'est un peu comme d'être servi à domicile. Je ne suis pas habituée à être servie, tu sais. C'est même plutôt le contraire. Je suis femme de ménage chez un monsieur en ville. Voilà des années que je travaille chez lui. Il faut que je me lève tôt, mais j'ai fini à midi, ce qui m'arrange bien. Il faut toujours voir le bon côté des choses.
Slake hocha la tête. Jamais auparavant il n'en avait connu aussi long sur une personne étrangère et inconnue, et dans la vie de Slake tout le monde avait été étranger et inconnu – sauf Joseph. Maintenant, les étrangers commençaient à former deux groupes dis-

tincts : les étrangers connus et les étrangers inconnus. Les connus étaient cette dame, la serveuse du snack-bar où Slake était devenu un client régulier, et peut-être aussi l'homme au turban.

Mais Slake s'était mis à craindre cet homme à cause de son sourire en coin et parce qu'il avait la curieuse impression que l'homme le roulait d'une façon ou d'une autre, qu'il lui refusait ou lui prenait quelque chose – sa confiance peut-être – et Slake possédait si peu au monde qu'il ne pouvait en perdre la moindre bribe sans en éprouver de la peur.

Un jour, en voyant approcher l'homme au turban avec son sourire étrange et secret, Slake paniqua et lui tourna le dos, souhaitant être invisible, le regard obstinément braqué vers la voie.

— Tu as perdu quelque chose ? dit la voix de l'homme tout près de lui.

Slake avait rentré la tête dans les épaules et fermé les yeux afin de ne plus rien voir et, il l'espérait, ne plus rien entendre.

— Eh ! dit l'homme au turban. Qu'est-ce que tu as perdu ?

Entre ses dents serrées, Slake parvint à souffler :

— Rien...

— Oh... Alors, tu le retrouveras sûrement ! Tu me donnes mon journal ?

Au fil des jours, l'anxiété de Slake au sujet de cet homme lui fit envisager de changer l'heure à laquelle il vendait ses journaux, ou même de changer de station, mais alors il ne pourrait plus servir la dame aux piécettes ni ses clients irréguliers. Or, Slake avait déjà ses petites habitudes, qui étaient agréables et rassurantes. Le seul ennui jusqu'à présent était l'homme au turban.

Un jour, en le voyant se diriger vers lui, Slake fit demi-tour et s'éloigna vers l'autre bout du quai, mais l'homme, avec ses longues jambes, n'eut aucune peine à le rattraper sans même devoir presser le pas.

— Mon journal, s'il te plaît.

Slake dut bien lui faire face et tendre le journal, sans regarder l'homme, mais celui-ci, au lieu de prendre le journal et d'offrir sa monnaie, demanda, comme s'il avait tout le temps de bavarder :

— Dis donc, où te procures-tu ces journaux, hein ?

Et voilà ! Le type avait tout compris ! Fini, le commerce !

— Dans les wagons, dit Slake, et il fut très étonné de constater avec quelle facilité il avait avoué.

— Ah !... dit l'homme.

Il laissa tomber son argent dans la main de Slake et s'éloigna. Qu'allait-il se passer après ça ?

Slake transpira pendant toute la nuit, quoiqu'il ne fît pas chaud dans la petite chambre du tunnel. Le lendemain matin, il resta dans sa grotte et n'alla pas vendre les journaux. Quand il sortit, dans l'après-midi, il rôda sans enthousiasme et sans se soucier de l'itinéraire d'exploration prévu. Il ramena quelques journaux, mais chiffonnés ou déchirés, invendables. Slake se passa de manger ce jour-là.

Il revint à sa grotte tard dans l'après-midi, but de l'eau pour tout souper et entreprit de lire un des journaux qui composaient son lit et qu'il remplaçait régulièrement quand le papier, écrasé, perdait son élasticité. Éclairée par une lanterne, la grotte était tout à fait accueillante. Slake se détendit un peu et s'intéressa à sa lecture. Il tenait le journal tout contre sa figure et sa figure tout contre la lanterne. Son attention fut retenue plus d'une fois par les photos de victimes de hold-up et d'attaques, ou de gangsters abattus par la police, gisant dans leur propre sang. Tout cela n'était pas une grande nouveauté pour Slake. Il avait déjà vu des gens baignant dans leur sang au cours de sa courte vie. Ce qui le frappa fut que, en noir et blanc, le sang n'avait pas l'air bien terrible, il ne semblait pas réel, et Slake lut ces histoires de meurtres et de tueries comme s'il s'agissait de vulgaires contes de fées.

Ceci, et les histoires de petits enfants au ventre ballonné et aux jambes comme des allumettes qui mouraient par milliers pendant une épidémie dans un quelconque pays au nom imprononçable, tout ça ressemblait un peu aux histoires effrayantes que l'instituteur lisait parfois tout haut à l'école primaire – vaguement effrayantes seulement, parce que même alors Slake savait déjà que ces histoires n'étaient pas vraies. Il savait que ce ne sont pas les ogres mangeurs de petits enfants qui sont effrayants, ou les méchants nains et les vilaines sorcières, mais les gars costauds à l'école ou dans la rue, qui ont parfois un couteau en poche et qui ont toujours des poings aussi durs qu'une boule de neige avec un caillou dedans. La seule de ces histoires qui avait vraiment effrayé Slake était celle des petits enfants égarés dans la forêt et mourant de faim, parce qu'il y a au moins une chose que Slake connaissait : il connaissait la vérité, et pouvait reconnaître une histoire vraie d'une histoire inventée.

Quand Slake s'éveilla le lendemain matin, l'oiseau de son rêve, qui n'était plus qu'une vague présence dans sa poitrine ces derniers temps, pépiait misérablement. Slake déjeuna de quelques gorgées d'eau puis alla prendre le métro vers Times Square pour récolter ses journaux. Il n'avait pas tellement envie d'y aller, mais quelque chose le poussait.

La dame aux piécettes dit en souriant :
— Ah, te voilà ! Je me suis demandé où tu étais passé, hier, et le journal m'a manqué. Tu étais malade ? Tiens, j'ai ma monnaie toute préparée, tu vois ?
Slake ne se sentait pas très bien. Il tremblait.
— Ne me dis pas que tu n'as pas froid, dit la dame sévèrement.
Il n'avait pas froid : il avait peur. L'homme au turban s'approchait. Il était aussi effrayant et redoutable que la bande de garçons de l'école. Slake n'était plus qu'un bloc de peur. La peur l'avait-elle poursuivi et rattrapé, ou étaient-ils arrivés ensemble ? Il aurait voulu retourner à sa grotte et s'y cacher, mais il était trop tard.
— Cinq *cents*, dit Slake d'une petite voix en tendant le journal à l'homme au turban.
— Pourquoi cinq ? demanda l'homme d'une voix calme et sérieuse, après un moment de silence.
— Journal d'occasion, murmura Slake en regardant craintivement par-dessus son épaule.
— Je le sais bien, dit l'homme. Quelle différence ça fait-il ? Tu m'évites de devoir m'arrêter au kiosque à journaux. Tu les lisses bien proprement, aussi beau que du neuf, et tu fais payer ton travail. C'est honnête.
Slake était pétrifié de stupeur, mais sa curiosité était si forte qu'il ne put s'empêcher de demander :
— Pourquoi vous me courez après, alors ?

— Te courir après ? L'homme éclata de rire. Quand est-ce que je t'ai couru après ?
Slake ne parvint pas à retrouver sa voix, mais il pensait : « Je me sauvais, pourtant, c'est donc qu'il me courait après. »
L'homme le regardait d'un air bizarre et dit finalement :
— Écoute, fiston, j'aime bien avoir le journal, mais pas au point de courir après.
Il se remit à rire, puis donna une tape amicale sur l'épaule de Slake et s'en alla.

*S*UR UNE AUTRE VOIE

Un peu avant que Willis Joe Whinny ait dix-huit ans, son destin se manifesta. Son père glissa sur le verglas pendant l'hiver, tomba et se cassa la jambe. Il faudrait longtemps avant qu'il puisse reprendre son travail et Willis Joe quitta l'école pour aider sa famille. Il trouva du travail dans un garage tout près de chez lui, d'abord balayer, donner un coup de main à droite et à gauche, puis peu à peu bricoler sur des voitures, et il finit par devenir mécanicien.

Tout allait bien et Joe gagnait sa vie, mais après quelques années son oncle lui conseilla de trouver un bon boulot régulier comme celui qu'il avait à la compagnie du métro.

— Tu seras mieux payé et tu auras une bonne pension en fin de carrière.

Willis Joe n'avait encore jamais pensé à la fin de sa carrière, c'est à peine s'il pensait à son début, mais l'idée

n'était pas mauvaise : un boulot bien payé lui permettrait d'économiser l'argent de son voyage en Australie.
Il entra au métro.
Après six mois, il passa l'examen de conducteur, fit d'abord des remplacements de collègues malades ou en congé, puis il put choisir son poste définitif et prit la ligne dont le terminus était au dépôt près de chez lui.
Et bientôt, il se mit à penser que ce serait chouette de toucher cette pension en fin de carrière.
Il épousa une gentille fille qui s'appelait Lily et ils eurent deux enfants, Joe et Wilma.
L'Australie était devenue un peu plus lointaine qu'avant.

7

LE LENDEMAIN, quand Slake donna son journal à la dame, elle lui tendit un grand sac en papier :

— Tiens, c'est quelque chose qui est devenu trop petit pour mon fils, il ne peut plus le mettre. S'il te va, tant mieux. Sinon, tu le donneras à quelqu'un d'autre.

La main de Slake accepta le sac.

— J'aurai aussi une paire de blue-jeans pour toi, ajouta la dame, mais je dois d'abord les recoudre.

Le sac contenait une veste à fermeture éclair, en nylon brun, rembourrée et en bon état. Pendant que la dame attendait son métro, Slake déplia la veste et la laissa pendre au bout de son bras, puis regarda la dame et essaya sa voix :

— Merci...

Mais il n'était pas certain d'avoir vraiment prononcé quelque chose qu'on puisse entendre. C'est seulement quand la dame fut montée dans le train que Slake enfila la veste. Elle était beaucoup trop grande pour lui, mais ça ne le dérangeait pas.

Quand Slake, chaudement vêtu et un journal sous le bras, s'en alla déjeuner, il se sentait presque mais pas tout à fait capable de soutenir le regard de la serveuse qui déposait devant lui son repas quotidien. En attendant d'être servi, il examina la veste de plus près. Elle avait deux grandes poches, épatantes pour entreposer le demi-sandwich de son dîner, les biscottes et les cubes de sucre.

Il se passait une chose bizarre : depuis quelque temps déjà, la serveuse déposait sur le comptoir devant Slake beaucoup plus que ce qu'il avait commandé. Des fois, trois biscottes au lieu de deux avec son bol de potage, ou un peu de salade de légumes avec son sandwich. Ou un sachet de chips. Le sandwich au jambon était toujours très généreusement garni de laitue, et des fois la serveuse semblait avoir mal entendu et lui donnait jambon-œuf dur au lieu de jambon tout court. Slake songea à cela. Après tout, il commandait la même chose que d'habitude et payait pour ce qu'il avait commandé. Si la serveuse se trompait et lui donnait autre chose – de mieux – que son sandwich, mais ne lui faisait payer que le sandwich, il n'y pouvait rien. Non ?

Il la regarda du coin de l'œil. Elle était plutôt petite,

sans âge bien défini, avec des taches de rousseur, bien rembourrée ici et là, peut-être même un peu grosse, et drôlement coiffée, et tout à fait merveilleuse à sa façon. Quelle raison poussait la serveuse à diriger de la nourriture vers l'estomac de Slake ? La pitié était un sentiment totalement inconnu de Slake, il n'en avait jamais rencontré, reçu ni donné, et il ne l'aurait donc pas reconnue s'il s'était agi de cela. Mais il pouvait reconnaître là une autre chose qu'il avait parfois rencontrée, rarement et vaguement, pas tellement d'ailleurs la présence de quelque chose que l'absence de quelque chose.

Tout ce que Slake empochait arrivait en fin de journée dans sa grotte, où il vidait ses poches pour disposer son dîner sur une table faite d'une grande boîte en carton. Au fil des jours, la grotte de Slake avait non seulement été élevée au rang de chambre à coucher et de salle à manger, mais s'était peu à peu transformée et décorée, parce que Slake n'était pas que vendeur de journaux et explorateur du métro : il était aussi devenu un véritable aspirateur. Il ramassait tout ce qu'il trouvait. Rien de ce qui pouvait être utilisé tel quel ou transformé en quelque chose d'autre ne lui échappait. Une telle quantité de trucs et de machins s'amoncela bientôt dans sa grotte, utiles, plus ou moins utiles, pouvant devenir utiles, ou auxquels Slake lui-même était incapable de découvrir une utilité, qu'il put finalement trier, choisir, faire le difficile et s'offrir le luxe extravagant de jeter des choses. Chaque jour il rapportait de nouvelles trouvailles à sa chambre sous l'hôtel Commodore, et chaque jour il en remportait emballées dans un journal et les déposait dans une corbeille à papiers, où peut-être un plus nécessiteux que lui les récupérerait.

Slake ne se déplaçait plus que muni d'un sac en papier, lequel au cours de la journée accueillait bouts de ficelle et de fil de fer, élastiques, boutons, lacets et boucles de chaussures, et quantité d'autres choses qui, d'une façon ou d'une autre, pourraient être transformées en objets utilitaires ou décoratifs.

Un côté de la chambre devint l'entrepôt de Slake, qui jamais jusqu'alors n'avait possédé le moindre endroit où entreposer des choses, ni d'ailleurs possédé quoi que ce soit à entreposer. Il passait plusieurs heures chaque jour à trier, ranger, examiner ses trésors pour découvrir ce qu'ils avaient été et ce que, combinés entre eux, ils pourraient devenir. Il organisa, réorganisa, rejeta, et obtint finalement un classement assez satisfaisant qui se présentait comme suit :

OBJETS EN VERRE : comprenant des miroirs fêlés ou brisés, des bouteilles à bière ou à liqueur et des flacons à médicaments, plusieurs verres de lunettes, des perles de couleurs tombées de colliers cassés, et un verre à boire, fêlé. Les miroirs lui servaient de miroir, les bouteilles servaient à garder les perles et d'autres petits objets et à conserver un œillet fané tombé d'une boutonnière. Les verres de lunettes eux-mêmes finirent par servir à quelque chose.

OBJETS EN PAPIER : comprenant des sacs, convenablement déchiffonnés et mis en tas, les serviettes du snack-bar, une réserve de journaux pour le lit et les paquets, des magazines illustrés destinés à être lus et à fournir des images pour la décoration des murs, des gobelets en papier. Les boîtes et emballages en carton provenant des poubelles des boutiques devinrent les meubles et les étagères de Slake.

OBJETS EN MÉTAL : les agrafes de bureau et les épingles à cheveux ou de sûreté étaient les plus courantes. Slake les dépliait, les tordait, les repliait et les tressait pour obtenir des crochets ou autres objets utiles. Les clés étaient nombreuses, elles aussi. Il les enfila sur un anneau et les porta attachées à sa ceinture. Il y avait encore des cintres à vêtement, des baleines de parapluie, une boucle de chaussure en cuivre, une grande boîte ronde sans couvercle, des fils de fer ayant servi à ficeler des caisses, et un certain nombre de gros boulons et écrous trouvés le long des voies. La trouvaille la plus précieuse était une lame de canif qui devint un outil très utile pour transformer certaines choses en d'autres choses.

OBJETS ARTISTIQUES : comprenant dix bombes de peinture presque vides, de diverses couleurs, et un vaste assortiment de crayons et crayons feutres. Slake possédait aussi une colle extrêmement utile et de sa propre fabrication, obtenue en mélangeant avec du chewing-gum la graisse noire et épaisse comme du goudron que les rames du métro déposaient peu à peu le long des rails. Cette colle permettait de faire tenir n'importe quoi à n'importe quoi d'autre et servait aussi à réparer les trous.

VÊTEMENTS : cet assortiment avait débuté par le gant de dame trouvé le premier jour (que Slake attacha par après à la tête de poupée en plastique pour en faire une marionnette). Il trouva un nombre considérable d'autres gants et moufles solitaires, de quoi ne plus avoir froid aux mains jusqu'à la fin de ses jours, plus quelques foulards et écharpes, plusieurs ceintures, un chapeau et une casquette plate à visière qui lui allait très bien. Il y eut aussi pendant quelque temps un soulier, mais Slake finit par s'en débarrasser parce qu'il se demandait sans cesse ce qu'était devenu le pied de ce soulier.

TOUT LE RESTE : ceci comprenait des boutons de toutes formes et dimensions, des boucles d'oreilles, des ficelles, des allumettes, des talons de chaussures (hommes et dames), des cuillers et fourchettes en plastique, deux tubes de rouge à lèvres et trois portefeuilles en cuir, vides.

Un jour, alors qu'il triait ses possessions, Slake entendit tout à coup des bruits dans le tunnel : des voix, des cris, des coups de marteau sur du métal. C'était tout près, trop près ! L'oiseau dans la poitrine de Slake se mit à lui picorer les côtes. Slake identifia les bruits, il les avait déjà entendus auparavant : c'était une équipe d'entretien des voies vérifiant les rails et la fixation des boulons. Ils allaient le découvrir !

Slake tenta de se raisonner. Le trou dans le mur existait depuis longtemps, on ne s'en était jamais aperçu jusqu'alors, on ne s'en apercevrait pas cette fois non plus si Slake ne remuait pas, ne respirait pas. Il attendit, immobile. On ne le verrait pas ! On n'allait pas le voir !

Mais quand les bruits et les voix furent vraiment tout près, Slake empoigna un grand morceau de carton dans ses réserves, le plaqua contre le trou et s'y appuya de toutes ses forces, s'enfermant dans sa grotte comme un diable dans sa boîte, comme une huître dans sa coquille. Il ne faisait pas chaud, mais Slake transpirait à grosses gouttes. Combien de temps fallait-il pour vérifier une section de voie ?

Quand ils furent finalement passés, Slake se sentit

mal. Il s'écroula sur son lit et se roula en boule de façon à exposer le moins possible de lui-même aux atteintes du monde extérieur.

C'est ce jour-là aussi que Slake trouva une paire de lunettes cassées. Une des branches manquait et les deux verres étaient en éclats. Rentré à sa grotte, Slake essaya les lunettes, se regarda dans le miroir qu'il avait assemblé par terre à l'aide de morceaux de miroirs cassés. Lui aussi semblait en morceaux. Il fit tomber les éclats pour dégarnir la monture, fouilla son assortiment de verres de lunettes à la recherche de ceux qui semblaient convenir le mieux à ses yeux et entreprit de les fixer en place. Il garnit de colle-maison les rainures de la monture, y ajusta les verres du mieux qu'il put, pliant et tordant les lunettes par-ci par-là. Heureusement que ce n'était pas une monture en plastique ! À l'exception d'une fêlure et de quelques griffures, un des verres était parfait et s'adaptait très bien. L'autre verre était légèrement teinté en rose et il y manquait un éclat dans le haut, mais il améliorait malgré tout considérablement la vision de Slake. Malheureusement, il dépassait d'un bon centimètre le haut de la monture. Slake l'attacha solidement avec un mince fil de fer qui coupait le paysage en deux. La monture et la colle obscurcissaient quelque peu la vue sur les côtés, mais à part ça le monde environnant était devenu nettement plus clair et moins flou.

Ses clients s'aperçurent de la transformation le lendemain.

— Tiens ! s'exclama la dame. Je n'avais jamais remarqué que tu portais des lunettes. Elles sont assez remarquables, pourtant.

Slake baissa le nez.

— Eh ! dis donc, qu'est-ce que c'est que ce truc-là ? demanda l'homme au turban. Je n'ai jamais vu de lunettes pareilles !

Il les examina de près, se courbant et regardant directement dans les yeux de Slake.

— Tu y vois quelque chose avec ça ?

Slake fit oui de la tête.

— Pas mal ! dit l'homme, et il s'en alla.

Pas mal. Slake se demanda pourquoi il avait eu peur de ce type et se surprit à répéter : « Pas mal » tout en marchant.

Pas mal, c'est pas mal.

8

LE PETIT DÉJEUNER de Slake consistait en morceaux de sucre chipés quotidiennement et en biscottes généreusement arrosées de ketchup. Ceci, plus son repas de midi au snack-bar dont une moitié faisait office de repas du soir, formait l'ensemble de son alimentation. On ne peut pas dire que c'était un régime très complet ou équilibré, mais Slake n'avait jamais joui des bienfaits d'un régime équilibré ou complet. Le scorbut, le rachitisme, l'anémie, le manque de vitamines et de sels minéraux avaient toujours été sans aucune importance comparés à la seule chose qui comptait : remplir le vide de son estomac. Et soudain les choses se mirent à aller mieux.

C'était aux environs de Noël. Le métro, toujours grouillant en temps normal, semblait maintenant prêt à éclater sous la pression des gens qui l'emplissaient. Les clients se bousculaient plus que jamais dans le

snack-bar. Slake y prenait son repas habituel quand l'homme qui paraissait être le patron s'approcha et lui parla :
— Je te vois ici tous les jours.
Slake prit peur. L'homme s'était-il aperçu que la serveuse lui donnait du rabiot gratuitement ?
— Tu veux un petit boulot ? demanda le patron.
Slake releva le nez.
— Voilà de quoi il s'agit : tu pourrais venir dans la matinée, après l'heure de la bousculade, pour balayer la boutique. Je te donnerais un bon repas en paiement. Qu'en dis-tu ?
Slake hocha la tête pour dire oui.
— Bon, dit le patron. Parce que moi, je n'ai pas le temps de tout faire tout seul ici.
Et il se précipita pour servir un client qui entrait.
Slake venait de conclure son premier contrat, sans prononcer une parole ni signer son nom.
Chaque matin désormais, après avoir vendu ses journaux, il revenait au snack-bar, prenait silencieusement le balai, et nettoyait. Il balayait comme quelqu'un qui envisage d'en faire un art et l'œuvre de sa vie. Il ramassait la moindre miette sous chaque tabouret et jusque dans les coins. Il se baissait pour pousser le balai sous le bord du comptoir et y traquait les serviettes chiffonnées, les mégots, les allumettes et toutes

les cochonneries accumulées là loin des regards. Et le premier jour il trouva quarante *cents* en petite monnaie.

— Ce que tu trouves, c'est pour toi, dit le patron. Tu balaies bien. Vraiment bien !

Quand donc quelqu'un avait-il déjà dit cela à Slake ? Il y avait longtemps. Il chercha dans sa mémoire. C'était à propos de courir. C'est ça, quelqu'un lui avait dit : « Tu cours bien, vraiment bien ! »

Courir, balayer. Au moins deux choses qu'il faisait bien...

— Que veux-tu manger ? demanda la serveuse le premier jour de son nouveau travail.

Slake fut étonné. Elle savait pourtant bien qu'il mangeait la même chose chaque jour. Elle le servait sans rien lui demander, le plus souvent.

— Potage et un sandwich jambon, dit-il.

Elle déposa un bol de potage devant lui, puis lui servit un steak entouré de frites et de tranches de tomate. Et quand il crut que c'était tout, elle lui apporta un quartier de tarte aux pommes avec une boule de crème glacée à la vanille. En voyant que Slake s'apprêtait à couper le steak en deux pour mettre de côté son repas du soir, elle lui dit : « C'est pas la peine » et posa devant lui un sandwich déjà emballé.

Slake prit son temps pour avaler tout ça. Il ne se rappelait pas avoir jamais autant mangé. Quand il descendit de son tabouret, il se sentait si lourd et si bien rempli qu'il faillit en perdre l'équilibre.

Dans sa poche se trouvaient le sandwich en supplément, les pochettes de ketchup, les biscottes et le sucre. Slake regarda le patron, réfléchit un moment, à la recherche d'un certain mot, le trouva et murmura : « Merci », le regard fixé entre le patron et la serveuse afin que le même mot serve pour tous les deux.

Le lendemain, il enleva à coups de torchon mouillé quelques taches obstinées qui se cramponnaient au revêtement du sol. La propreté de ce sol était devenue son souci personnel. Il lui sembla même que, depuis qu'il s'en occupait, elle s'était considérablement accrue. Le patron, visiblement, pensait de même et était satisfait. Après cela, plus personne ne demanda à Slake ce qu'il voulait manger. Un vrai repas chaud, le plus souvent le plat du jour, était automatiquement déposé devant lui, et, quand il s'en allait, la serveuse lui donnait un petit sac contenant ses deux repas suivants : des biscuits ou des beignets, une pomme ou une orange, un carton de lait. Slake n'avait jamais été aussi bien soigné.

Grâce à ces repas gratuits, il commença à accumuler un peu d'argent dans ses poches. Quand une partie de cette fortune se mit à prendre la forme de billets, Slake choisit parmi sa collection d'objets un portefeuille de cuir brun avec une couture de fantaisie le long du bord. Le portefeuille fut bientôt assez rempli pour que Slake puisse se permettre d'acheter dans une des boutiques de la galerie un tee-shirt, deux paires de chaussettes et un slip, après quoi il économisa pour s'acheter une paire de baskets. Avec tout cela plus les blue-jeans que la dame lui avait apportés, Slake estima qu'il possédait une garde-robe extrêmement satisfaisante.

Ainsi donc Slake était maintenant marchand de journaux, entrepreneur de nettoyage, explorateur souterrain et ramasseur de tout ce qui traîne. Et il avait aussi acquis un passe-temps. Au-dessus de la surface, par exemple dans les appartements de l'hôtel Commodore, il y avait probablement quelques personnes qui avaient des passe-temps du même genre et qui appelaient ça collectionner des œuvres d'art.

À l'aide des matériaux que Slake découvrait aux quatre coins de la station, le long des voies, sur et sous les banquettes des wagons et dans les profondeurs mystérieuses du métro, il se mit à confectionner des objets purement décoratifs et ornementaux. La chambre de Slake – sa grotte, son château, son île –

était maintenant décorée, tapissée et festonnée d'ornements de sa création qui, éclairés par les lanternes, transformaient l'endroit en un lieu de fête. Des mobiles formés de cintres et autres ferrailles pendaient du plafond au bout de ficelles collées grâce à la mixture de graisse et de chewing-gum. Ils étaient délicatement équilibrés par l'addition de morceaux de papier de couleur, de boutons, de silhouettes faites d'épingles à cheveux, de perles de verre et d'éclats de miroir qui renvoyaient la lumière et projetaient des ombres fantasques sur les murs.

Pendant la période de Noël et de Nouvel An, les gens portant des colis et des cadeaux traversaient la station de métro en une incessante procession, comme transportés par une courroie sans fin qui ne pourrait s'arrêter. Ces gens et ces paquets allaient, venaient, se croisaient, s'accrochaient et se tamponnaient, abandonnant derrière eux divers débris. De ce méli-mélo, Slake récolta une riche moisson d'épaves très intéressantes, notamment une grande quantité d'emballages cadeau, ficelles et rubans rouges, dorés, argentés, étoiles, nœuds, pompons en peluche et autres fantaisies. Quand arriva le jour de Noël, Slake possédait une telle collection de fanfreluches qu'il remplaça son assortiment de mobiles par une décoration plus appropriée à la saison. Grâce aux lanternes éclairant gaiement ce spectacle de fête, Slake eut ce jour-là un véritable Noël, le plus beau qu'il ait jamais eu. Le snack-bar était fermé pour la journée, mais la serveuse avait veillé à ce que Slake ait de quoi survivre jusqu'au lendemain : plusieurs sandwiches, des tomates, des pommes et un énorme morceau de gâteau aux raisins.

Slake s'offrit du bon temps, déplaçant une lanterne ici ou là pour modifier le jeu de la lumière sur les mobiles qui se balançaient et tournoyaient, produits de ses mains et de son imagination. Ils capturaient la lumière puis renvoyaient leur ombre sur le mur, créant mille formes changeantes pour la joie de Slake, les unes nettes et scintillantes, les autres sombres et floues.

Tel fut le Noël de Slake, Noël dans le métro qui mène partout et ne va nulle part.

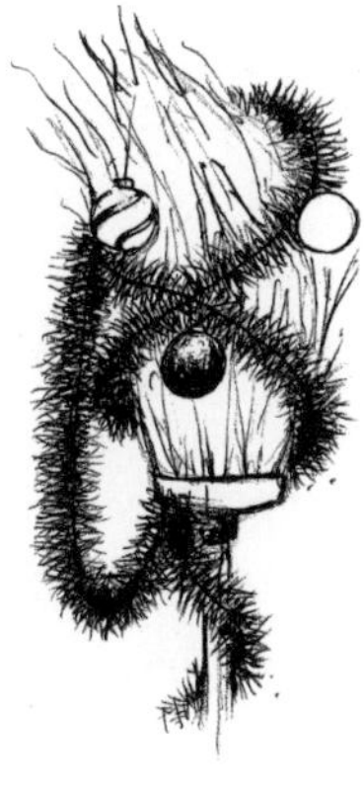

SUR UNE AUTRE VOIE

À une certaine époque, Willis Joe s'était mis à conduire le métro comme s'il était à cheval et menait son troupeau. Cette fantaisie commença en un endroit précis de la voie, entre la 138e et la 149e Rue, où une irrégularité des rails secouait la rame en lui imprimant un mouvement qui rappelait le trot d'un cheval. Au trajet suivant, Willis Joe ressentit à nouveau la même sensation, sans y prêter beaucoup d'attention.

Mais le lendemain, alors qu'il conduisait une rame express et fonçait à toute allure, freins ouverts, sur la longue section entre la 59e et la 125e Rue, Willis Joe Whinny découvrit soudain qu'il éprouvait la nette impression de chevaucher à la tête d'un troupeau dans les vastes plaines d'Australie.

Évidemment, ce n'était pas tout à fait comme en Australie. L'atmosphère était humide et confinée, les tunnels bouchaient la vue. Mais après un petit temps, Willis Joe

parvint à ignorer ces inconvénients et put mener son troupeau en toute tranquillité d'esprit. Sur les trajets omnibus, il répartissait ses moutons dans les enclos pour la tonte, et sur les trajets express il les conduisait au long des pistes vers un lointain marché. Les feux rouges signifiaient maintenant « Whoa, oooh » et les feux verts « Hue ! Yap yap ! »
Ce fut chouette – pour quelque temps...

9

PRESQUE chaque jour, Slake rencontrait deux personnes ou plus qu'il connaissait, qui le reconnaissaient, et qui ne lui faisaient aucun mal et ne représentaient aucune menace. En fait, elles semblaient même contentes de le voir. Mais, ayant établi ce lien entre lui et le reste de l'humanité, Slake observa aussi qu'il existait des quantités d'autres êtres humains qu'il rencontrait, qui entraient dans sa vie pour quelques instants, puis disparaissaient sans qu'il les revoie jamais. Que devenaient-ils ? se demandait Slake. Où allaient-ils ? Une fois franchie la station de Grand Central, se perdaient-ils à jamais dans le vaste monde ? Leurs voyages les emmenaient-ils si loin qu'aucune possibilité n'existait pour eux de revenir une fois encore en cet endroit, d'attendre une fois encore le métro au milieu des mêmes personnes avec lesquelles ils avaient déjà attendu ?

Mais la dame revenait toujours, et l'homme au turban aussi, et quelques autres réapparaissaient fréquemment, et Slake. Slake revenait toujours, lui.
Un jour, un vieux monsieur proprement vêtu et qui boitait s'approcha. Il adressa la parole à un monsieur plus jeune et bien habillé qui attendait le métro près de Slake et de la dame, à laquelle il vendait le journal comme chaque matin.
— Pardonnez-moi, dit le vieux monsieur au monsieur bien habillé, ne connaissez-vous pas un homme chauve, avec une canne, qui prend souvent le métro ici et vers cette heure-ci ?
— Non, désolé, dit le monsieur bien habillé en secouant la tête.
— Oh ! quel dommage, soupira le vieux monsieur. Je suis médecin, voyez-vous, et je donne une conférence demain soir. L'autre jour, j'avais lié conversation avec cet homme dont je vous parle et il avait montré de l'intérêt pour mes recherches. J'ai noté son nom et son adresse, mais...
Le vieux monsieur hocha la tête d'un air contrarié :
— Je lui avais promis de l'avertir de ma prochaine conférence, voyez-vous, mais j'ai égaré le papier sur lequel j'avais inscrit son adresse. J'espérais le rencontrer ici, il semblait si intéressé par... Oh, comme c'est ennuyeux ! Je pensais pouvoir l'aider...

Soudain le vieux monsieur fit un petit pas pour se rapprocher tout contre l'autre homme :
— Puisque je ne peux rien faire pour lui, laissez-moi faire quelque chose pour vous, dit-il, et avant que le monsieur bien habillé ait pu répondre, le docteur lui posa fermement une main sur l'épaule :
— Par la grâce de Dieu et le pouvoir de ma main droite, je déclare guéri et disparu le rhumatisme de cette épaule.
Il boitilla rapidement jusqu'à l'autre épaule et y posa la main :
— Par la grâce de Dieu et le pouvoir de ma main droite, je déclare guéri et disparu le rhumatisme de cette épaule.
Il plaça ensuite sa main sur l'estomac du monsieur :
— Par la grâce de Dieu et le pouvoir de ma main droite, j'ordonne à cet ulcère d'estomac de guérir et disparaître. Tournez-vous, commanda-t-il en essayant de faire pivoter le monsieur sur ses talons.
Mais son patient avait repris ses esprits et le repoussa fermement :
— Ça va comme ça, hein ! Fichez-moi la paix !
— Dieu vous bénisse ! dit le docteur, et il boitilla à toute allure en direction des escaliers, où il disparut pour ne plus revenir.
La dame et Slake avaient observé toute cette scène

comme s'il s'était agi d'une pièce de théâtre. Le spectacle terminé, la dame s'éloigna pour monter dans le métro, qui venait de se ranger le long du quai.

— Il en voulait à mon portefeuille, sans doute, dit le monsieur bien habillé en tâtant sa poche intérieure. Je suis sûr qu'il en avait à mon portefeuille. Ils ont de ces trucs !

Slake aurait voulu lui demander comment se portaient ses rhumatismes et son ulcère, mais il n'osa pas.

Aux heures de la journée où la foule était le plus dense, la bousculade des gens s'engouffrant par les doubles portes automatiques des wagons inquiétait parfois Slake. Il regardait avec une sorte d'horreur, en retenant son souffle, un homme qui tentait de garder l'équilibre tout en se battant pour arriver à glisser le pied dans le wagon avant que les portes ne se referment. L'homme poussait de toutes ses forces les gens montés avant lui et un garde poussait de toutes ses forces sur l'homme pour l'enfoncer complètement dans la foule déjà comprimée. Le voyageur parviendrait-il à s'y agglutiner, ou la masse élastique le rejetterait-elle sur le quai ? La lutte restait souvent indécise jusqu'au dernier moment. Et chaque fois que Slake assistait ou participait à ce genre de scène, quelque chose s'agitait dans sa mémoire.

Il se rappela ce que c'était le jour où il vit un homme projeté sur le quai. L'homme était déjà dans le wagon et s'y était presque creusé une place quand un soupir collectif ou une poussée de la masse le rejeta, avec une telle force qu'il s'étala sur le quai. Et Slake se rappela !

L'océan. Un autocar l'avait emmené en compagnie de nombreux autres enfants voir l'océan. Le trajet était long et il faisait chaud. Slake avait été malade dans l'autocar. Mais arrivé au bord de la mer, il avait été fasciné par les gros rouleaux des vagues qui accouraient vers la plage en grondant. Sur le sable mouillé qui se glissait entre ses orteils, Slake avait marché vers l'océan, comme hypnotisé. Et à ce moment les vagues lui avaient sauté dessus ! Elles explosaient avec une force si inattendue que Slake ne comprenait pas. Il avait toujours cru que l'eau était une chose douce et agréable. Une autre vague le souleva en se gonflant. Slake fit demi-tour et voulut se sauver, mais ce n'est pas facile de courir dans l'eau et les grands bras de la vague l'avaient empoigné. Il trébucha et roula et tomba et, la vague repartie, resta là gisant sur le sable parmi les autres épaves.

À la station d'Atlantic Avenue vers trois heures de l'après-midi, Slake assista à la prise d'assaut d'un wagon tout entier par une bande d'étudiants, poussant, frappant, sautant, riant, se battant, marchant en équilibre sur le dossier des banquettes et finalement tirant le signal d'alarme, après quoi ils se jetèrent assis sur les sièges pour se plonger dans l'étude d'un livre de classe ou regarder devant eux d'un air absent.

La rame avait freiné et s'était immobilisée dans le tunnel. Une minute plus tard, la porte entre les wagons glissa et le conducteur apparut. Il jeta un coup d'œil sur le groupe paisible et studieux des jeunes gens.

— Il y a quelque chose qui cloche, M. le conducteur ? demanda innocemment un des garçons.

— Oh ! ça va, bande de... grogna le conducteur. Sa voix semblait fatiguée.

Slake avait remarqué que depuis quelque temps l'oiseau ne lui picorait plus les côtes très souvent. Mais en ce moment même il le faisait, furieusement, et, dès que le conducteur fut reparti, Slake se leva et gagna rapidement le wagon suivant.

Il décida d'éviter certaines stations à certaines heures, et l'une d'elles fut celle d'Atlantic Avenue à la sortie des écoles.

10

QUAND SLAKE se retirait pour la nuit, il se livrait à un petit rituel qui faisait partie des habitudes de la journée et ajoutait au confort du lendemain matin. Il étendait une feuille de journal fraîche sur la caisse en carton qui lui servait de table, puis y disposait son petit déjeuner : les biscottes, une orange ou une pomme, des beignets ou des biscuits ou toute autre friandise que la serveuse avait mise dans son sac ce jour-là. Il posait une boîte d'eau à côté de ces nourritures et se préparait ainsi un authentique repas ; on n'aurait pas fait mieux de l'autre côté du mur à l'hôtel Commodore. Et servi dans sa chambre par-dessus le marché.

Assez rapidement après l'arrivée de Slake dans le métro, avant même que fût apparu le luxe de fruits ou de friandises, une autre créature fit son entrée en scène, très intéressée elle aussi par ce petit déjeuner. Slake s'éveilla un matin, tendit la main vers ses lunettes

puis jeta un coup d'œil à son festin pour s'encourager à se lever. Il cligna des yeux et regarda à nouveau. Aucun doute : il avait bien vu et il voyait bien, et ce qu'il voyait était un rat occupé à prendre son petit déjeuner. Slake se pétrifia. Élevé dans un monde où on apprend très tôt à haïr les rats, il éprouva avant tout l'envie de hurler et de chasser cette sale bête. Oui mais, le rat n'allait-il pas faire face et attaquer ? Là où Slake avait vécu, il n'était pas rare que les rats attaquent. Aussi, Slake ne fit rien. Il resta sans bouger et regarda le rongeur dévorer son petit déjeuner.
Ce rat paraissait terriblement pressé. Il déchirait le papier d'emballage des biscuits avec frénésie et s'empiffrait comme s'il n'avait plus mangé depuis longtemps. Slake remarqua que c'était un rat plutôt maigre, moitié plus petit que ceux qu'il avait vus courir dans les cours et les terrains vagues de son quartier. Ce rat avait un aspect souffreteux et flasque, presque pathétique. Il sembla à Slake que cela lui rappelait quelque chose, mais quoi ? Ayant achevé les biscuits, le rat fouilla du museau à la recherche d'autre chose. Il découvrit une ou deux miettes sur le sol, vestiges d'un repas précédent peut-être. Puis il remonta sur la caisse et y trouva encore quelques fragments parmi les emballages. Et quand il ne resta vraiment plus rien, le rat descendit et se dirigea vers le trou d'entrée. Sans

un regard en arrière, il s'y glissa et disparut sur la voie. Slake courut jusqu'au trou, mais ne vit le rat nulle part. Il déjeuna d'eau et de ketchup.

Slake décida qu'à l'avenir il ne se passerait plus de petit déjeuner. Il fouilla les corbeilles à papiers pendant toute la journée, mais ne trouva pas ce qu'il cherchait. Puis il se rappela la boîte métallique sans couvercle qui se trouvait parmi ses possessions. Elle contenait divers boutons et fils de fer. Revenu à sa grotte, Slake vida la boîte dans un sac en papier et la plaça retournée au-dessus de la nourriture disposée sur sa table. Sur la boîte, il posa une assez lourde pierre ramassée sur le sol de sa grotte.

Le lendemain matin, Slake triompha. Il avait réussi ! Son petit déjeuner était intact. Aucun rat n'avait été alléché par une boîte métallique apparemment sans intérêt. Slake s'installa devant sa table en carton pour prendre un petit déjeuner paisible.

Ben oui ! À peine avait-il étendu le ketchup sur ses biscottes que le rat se matérialisa au seuil de la grotte. Avait-il été là tout le temps, en attente ? Slake empoigna son repas et s'y cramponna. Le rat ne bougea pas. Il se contentait de regarder Slake fixement. Okay, se dit Slake, il n'est pas décidé à se battre. Ça vaut mieux pour lui. Le rat qui m'arrachera mon petit déjeuner n'est pas encore né.

La présence du rat le regardant manger ne lui plaisait pas tellement, mais le calme et la patience de cet animal étaient assez intéressants à observer. Quand Slake se leva de table, le rat fit demi-tour et disparut.

Sur le quai, ce matin-là, il y avait un nouveau visage, celui d'une très vieille femme. Elle marchait lentement, s'arrêtant parfois pour parler à l'une ou l'autre personne. Quand elle arriva à hauteur de la dame et de Slake, celui-ci découvrit ce qui se passait.

— Mon Dieu ! gémissait la vieille femme en agitant un papier chiffonné qu'elle tenait en main. N'est-ce pas vous qui avez perdu cette ordonnance, madame ?

— Non, ce n'est pas moi, dit la dame. Je n'ai rien perdu.

— Oh ! mon Dieu ! mon Dieu ! Voilà que quelqu'un a perdu une ordonnance pour des médicaments qui sont peut-être urgents, qui doivent peut-être sauver la vie à un pauvre malade, et je viens de la trouver. Qu'est-ce que je vais faire ?

Elle fourra l'ordonnance quelque part dans une de ses poches.

— C'est peut-être une question de vie ou de mort pour quelqu'un qui est en train de souffrir...

Slake connaissait deux ou trois petites choses à propos des questions de vie ou de mort, même s'il ignorait qu'il les connaissait, et jamais il n'avait pensé qu'un morceau de papier puisse être la réponse à ces questions-là.

La vieille femme se mit à bavarder avec la dame comme si elles se connaissaient depuis toujours :

— J'ai un frère, il a cinquante ans mais en voilà bien quarante qu'il est malade, et savez-vous ce qui le maintient en vie ? Les ordonnances !

La dame hocha la tête puis se mit à chercher quelque chose dans son grand sac à main et Slake, qui commençait à bien la connaître, comprit qu'elle essayait de montrer que tout cela ne l'intéressait pas. La vieille femme le comprit aussi et se tourna vers Slake :

— J'ai une sœur qui est aussi malade, elle a de l'arthrite depuis sept ans. Si elle perdait une ordonnance, je me demande ce qu'elle deviendrait ! Mon Dieu, mon Dieu... Enfin, je pourrais peut-être la renvoyer au docteur qui l'a délivrée. Tiens, regarde.

Elle repêcha le papier au fond de la poche où elle l'avait fourré.

— Peux-tu arriver à lire ? Il y a un nom quelque part ?

Elle tendit l'ordonnance à Slake, mais sans la lâcher. Mis ainsi en contact avec la vieille femme – par l'intermédiaire d'un bout de papier qui était une question de vie ou de mort pour quelque malade inconnu –, Slake se sentit curieusement lié pour une fois au destin du monde et de l'humanité. Le papier était vieux, jauni, l'écriture à demi effacée et illisible pour Slake. Il secoua la tête.

— Mon Dieu ! soupira une fois de plus la vieille femme, et le papier redisparut dans les profondeurs de ses poches, après quoi elle reprit son bavardage : en fait, je suis la seule personne en bonne santé de toute ma famille. J'ai une tante qui a maintenant quatre-vingt-treize ans. Quatre-vingt-treize ! Est-ce croyable ?

Slake ne voyait aucune raison de ne pas le croire.

— C'est moi qui la soigne depuis vingt-cinq ans. J'étais à peine plus qu'une jeune femme quand j'ai commencé. Je croyais qu'elle était sur le point de mourir. Eh bien ! elle aussi, ce sont les ordonnances qui l'ont gardée en vie pendant toutes ces années. Mais elle est très embêtante, il faut que je m'occupe d'elle tout le temps. « Millie, donne-moi ci, Millie, n'oublie pas ça. » Tout le temps ! Trente ans comme ça, c'est long...

Slake en savait déjà beaucoup maintenant sur cette vieille femme. Elle semblait s'appeler Millie. Elle avait un frère âgé de cinquante ans et qui était malade depuis quarante. Elle avait une sœur souffrant d'arthrite, mais elle-même était en bonne santé malgré toute cette famille de malades. Elle avait aussi une vieille tante qu'elle soignait depuis vingt-cinq ou trente ans, et elle venait de trouver une ordonnance perdue, dont la responsabilité pesait lourdement sur elle. Slake savait toutes ces choses concernant une personne qui lui était inconnue quelques minutes plus tôt seulement, et qui maintenant, le métro étant arrivé, se détourna et s'éloigna sans même dire au revoir. Slake pensa qu'il ne la reverrait probablement jamais, et n'en éprouva aucun chagrin. Aucun plaisir non plus, mais aucun chagrin. Rien de particulièrement agréable n'émanait de cette vieille femme. Pourtant, Slake éprouvait quelque chose pour elle. Mais quoi ? Il suivit sa silhouette des yeux jusqu'à ce qu'elle disparaisse dans la capsule hermétiquement fermée du wagon et soit avalée par le tunnel.

La visite suivante du rat aurait pu être une répétition exacte de la précédente. À peine Slake avait-il étendu le ketchup sur ses biscottes que le rat apparut, petite forme émaciée, immobile au seuil de la grotte. Le dégoût et la haine de Slake envers les rats faiblirent un peu devant cette occasion unique d'en étudier un de près. À la connaissance de Slake, il n'y avait rien de bon à attendre d'un rat, ils étaient tous mauvais. Et pourtant, il pouvait le constater par lui-même, voilà un rat qui n'avait rien d'hostile – envieux, peut-être, affamé et rapace, mais pas hostile. Il se tenait là à l'entrée comme un passant qui regarde par la vitrine d'un restaurant. Et cette comparaison, vague et à peine formulée dans l'esprit de Slake, le poussa, sans qu'il y pense vraiment, à lui jeter une miette de biscotte par terre. Le rat attendit juste assez pour que la miette ait le temps d'atterrir, puis il plongea dessus et la miette disparut de la surface du sol.

Pourquoi les yeux de Slake picotaient-ils ? Qu'y avait-il de si émouvant à voir cette sale bête dévorer une miette ? Slake s'étrangla sur sa biscotte, toussa et se frotta les yeux avec le poing. Le rat restait où il était, furetant par terre du bout du museau. Slake mordit une autre bouchée de biscotte et regarda le rat, qui avait relevé la tête et regardait Slake. Et une fois de plus, sans y penser ni l'avoir voulu, Slake lui lança un morceau de biscotte. Le rat l'attrapa avant même qu'il ait touché le sol.

Et ainsi Slake partagea tout son petit déjeuner avec le rat. Quand la dernière miette eut été avalée, Slake se leva de table brusquement et le rat bondit et disparut par le trou en un éclair.

C'était bien la première fois de sa vie que quelqu'un ou quelque chose avait peur de Slake.

Sur une autre voie

La sensation d'être le berger d'un troupeau de moutons devint si forte et si habituelle en Willis Joe que, bientôt, les gens à ses yeux se mirent à ressembler à des moutons. Peut-être était-ce l'effet hypnotique des rails glissant vers lui et sous lui, qui ne le vidait pas de toute pensée comme autrefois quand il courait en rond autour de l'île Randall, mais qui au contraire laissait le cerveau libre de vagabonder. Mais il y avait pire que cela. Willis Joe n'avait jamais oublié ce que sa grand-mère lui avait raconté et quand sa rame express traversait les stations à toute allure, les gens lui semblaient être des moutons parce que leur âme était rendue floue ou invisible par la vitesse du train. Après quelque temps, il ne les vit plus que sous forme de moutons.

Parfois, en surveillant le troupeau montant dans les wagons, il se demandait lequel était le meneur, le mouton qui dirige le troupeau, le fait s'arrêter, repartir ou changer de direction.

Ce que Willis Joe ignorait, et n'apprendrait pas avant un certain temps, est que si les gens en effet étaient des moutons, lui, Willis, n'était pas leur berger et leur gardien comme il le pensait, mais un mouton comme eux, et le mouton meneur.
Quand il le découvrit, ce fut un tournant important dans la vie de Willis Joe Whinny, et ce fut important aussi dans la vie d'Arémis Slake.

11

SLAKE avait totalement cessé de s'occuper du temps qui passe et de la date. Le journal chaque matin aurait pu lui fournir ce renseignement, mais cela n'avait aucune importance pour lui dans son monde souterrain. Cependant, les chaussures mouillées des gens venant de la surface et la neige collée à leurs semelles lui apprenaient qu'on était au cœur de l'hiver, comme il le sentait parfois quand il frissonnait malgré sa veste chaudement rembourrée. Puis un jour il gela.

— Un vrai casse-gueule, ce verglas, dit un homme sur le quai. J'ai failli glisser et me flanquer la figure par terre sur le trottoir, devant le Commodore.

— Vous auriez pu les attaquer en justice, assura son compagnon.

Slake était occupé à rendre la monnaie à sa cliente habituelle ce matin-là quand tout à coup les lumières s'éteignirent et la station se trouva plongée dans l'obscurité.

— Qu'est-ce qui se passe ?
— Qu'est-ce que...
— Qu'est-ce qui...
Questions dans le noir.
— Restez où vous êtes ! cria une voix. Que chacun reste exactement où il se trouve ! La lumière va bientôt revenir. Si vous vous déplacez, vous risquez de tomber ou de faire tomber quelqu'un en bas du quai.
Quelqu'un hurla de peur en entendant cela.
— Restez simplement immobiles là où vous êtes ! cria encore la voix.
Slake s'y connaissait en obscurité, mais jamais il n'en avait vu d'aussi noire.
— C'est encore une de ces pannes de courant, sans doute, dit près de Slake la voix de la dame. Je me sens un peu... Tiens, prends ma main, ça nous empêchera d'avoir peur. Peut-être que tu n'as pas peur, toi, mais moi oui.
Une des rares choses dans la vie qui n'effrayaient pas Slake était l'obscurité. Il était habitué depuis longtemps à chercher à tâtons son chemin dans le monde brumeux de sa myopie, et habitué maintenant à vivre dans une grotte, dans un tunnel. L'obscurité dressait un écran protecteur entre lui et la réalité, il s'y sentait raisonnablement en sécurité. Il laissa la dame lui tenir la main.

Quand donc pour la dernière fois Slake avait-il tenu la main de quelqu'un ? Il n'en savait rien. Ça ne figurait pas dans sa mémoire. Avait-il parfois tenu la main de Joseph ? Il lui semblait que non.

— On dirait que l'évolution a refait de nous des hommes des cavernes, dit quelqu'un en riant.

Slake reconnut la voix de l'homme au turban.

— Peut-être est-ce la situation qui nous convient aujourd'hui, aveugles et à dix mètres sous terre. L'évolution est peut-être repartie en sens inverse, qui sait ? La *dé*volution, ha ! ha !

Puis la lumière se ralluma et révéla une scène semblable à un jeu que Slake avait souvent vu jouer par les petits enfants, « statues », chacun figé sur place et immobile, Slake figé et immobile serrant dans sa main la main de la dame. Comme si le même interrupteur avait rallumé la vie dans tous ces corps, les gens se remirent en mouvement. Le phare du train apparut. Slake reprit sa main, acheva de compter sa monnaie, et tout le monde se dirigea vers la rame.

La panne de courant avait ralenti la vente des journaux et Slake resta sur le quai le temps que quelques autres rames arrivent. Il se préparait à monter les escaliers pour aller balayer le snack-bar quand une petite bousculade se produisit au-dessus de lui et quelqu'un cria :

— Il m'a volé mon sac ! Arrêtez-le !

« C'est pas moi ! » hurla Slake en lui-même.

Un garçon d'environ l'âge et la taille de Slake dégringola les escaliers, plongeant sous les bras, contournant les gens.

— Arrêtez-le !

Quelques personnes sur le quai prirent ce cri pour un ordre, quoique la plupart fissent semblant de ne rien entendre, et une poursuite s'engagea sur toute la longueur de la station. Le garçon laissa tomber le sac à main volé et, pendant que ses poursuivants s'arrêtaient pour le ramasser, il sauta en bas du quai, tout comme Slake l'avait fait, et disparut dans le tunnel avant que la meute ait pu le rattraper.

Un agent du métro apparut, descendit sur la voie et s'avança prudemment dans le tunnel à son tour.

« Il ne le retrouvera pas », se dit Slake. Le garçon avait déployé une technique et une détermination qui laissaient supposer que ce n'était pas la première fois qu'il s'échappait ainsi. Mais jusqu'où devrait-il fuir ? Jusqu'à la station suivante ? Et si quelqu'un l'y attendait pour le coincer ? Pourrait-il se sauver par une issue d'incendie ? Ou se cacher, comme Slake, dans le labyrinthe des tunnels ? Y avait-il là d'autres exilés ? D'autres grottes ? Slake n'en savait rien.

Cette nuit-là, Slake eut deux cauchemars, qui revinrent

les nuits suivantes. Dans l'un, il dormait paisiblement dans sa grotte quand un garçon surgissait par le trou et le trouvait là. Ils se battaient tous les deux pour la possession de la grotte et Slake s'éveilla en criant, sans savoir qui avait gagné. Dans l'autre rêve, Slake revenait chez lui en fin de journée et rejoignait le rat qui l'attendait dans le tunnel. Ni lui ni le rat ne parvenaient à retrouver l'entrée de la grotte. Avait-elle été rebouchée en son absence ?

Quand Slake s'éveillait de ces cauchemars, son cœur lui battait furieusement dans les oreilles et l'oiseau lui becquetait désespérément les côtes. Il n'avait aucune envie de déjeuner et donnait tout au rat. Ces jours-là, l'obscurité s'appesantissait sur Slake et l'engloutissait.

Les dimanches étaient perceptibles dans le métro sous la forme d'un changement de rythme. La station restait calme et déserte aux heures du matin où elle était le plus bruyante habituellement. Slake s'offrait le luxe suprême de rester au lit et de prendre ses aises comme jamais dans sa vie il n'avait pu le faire. Il prenait tout son temps pour déjeuner, en partageant avec le rat. Il éprouvait même de la satisfaction à voir s'améliorer l'aspect du rat. Le dimanche aussi, il n'y avait plus cette peur d'autrefois à la pensée que le lendemain voulait dire retourner à l'école pour s'exposer aux brutalités des garçons et aux moqueries des professeurs. Son estomac ne se tordait pas d'angoisse et l'oiseau dans sa poitrine restait tranquille et silencieux.

Slake consacrait généralement les dimanches à explorer de lointaines banlieues, choisissant au hasard des coins perdus qui ne s'intégraient pas bien à son plan d'ensemble, comme bon lui semblait. La fantaisie pouvait le prendre d'aller reconnaître les voies des quartiers les plus éloignés de Queens, les bifurcations vers les faubourgs isolés de Jamaïca, aux limites extrêmes de ses domaines. Il pouvait choisir à son gré et aller où il voulait. C'était la liberté.

Un dimanche, le calme du début de la matinée fut troublé par des cris, des chants, des appels, tout un charivari. Slake enfila ses baskets et passa la tête hors de son trou. De l'eau coulait quelque part goutte à goutte, plic, plic, formant une flaque sur la voie près de sa chambre. Slake se glissa dans le tunnel en direction de la station. Bien caché sous le rebord du quai, il leva la tête juste assez pour voir ce qui se passait. Sous cet angle et à travers ses verres de lunettes rapiécés, le paysage lui apparaissait comme une sorte de mosaïque, d'image fragmentée et kaléidoscopique. Il ajusta ses lunettes jusqu'à ce que la source de ce tohu-bohu devienne nette.

C'était un groupe de jeunes gens, de jeunes femmes et

d'enfants, tous chaudement emmitouflés d'écharpes et de bonnets. Ils portaient des pancartes ou des banderoles fixées à des bâtons. Les chants et les cris joyeux continuaient. Le groupe dut attendre un long moment parce que les rames étaient moins fréquentes le dimanche matin et Slake eut amplement le temps de les observer. Un garçon lança gaiement son bonnet de laine en l'air et le bonnet vint atterrir non loin de Slake. Quand le garçon vint ramasser son bonnet en agitant sa pancarte, Slake put y lire :

SAUVEZ L'EAST SIDE !

La rame arriva, il y eut une bousculade pleine de rires. Les lumières des wagons allumèrent des petites lunes et des étoiles dans une flaque aux pieds de Slake, qui s'était reculé sous le quai, à l'abri du train. Puis la rame emporta les joyeux porteurs de pancartes.

Sauvez l'East Side. Le sauver de quoi ? se demanda Slake. C'était très sympathique de sauver l'East Side, mais ce qui l'avait le plus impressionné était l'enthousiasme débordant de ces gens. Jusqu'alors, Slake avait ignoré qu'il lui manquait une cause à défendre. Parmi ce qu'il connaissait, il n'y avait rien que Slake ait jamais pu vouloir préserver de quoi que ce soit ou sauver pour qui que ce soit à la façon dont ces gens semblaient vouloir sauver l'East Side.

Slake retourna à sa grotte, prépara son petit déjeuner et le partagea avec le rat, qui ne connaissait pas de dimanches. Puis il fouilla dans ses réserves et en sortit plusieurs bombes de peinture et de gros crayons feutres. Ces objets se rencontraient si fréquemment dans les corbeilles à papiers et le long des voies près des dépôts que Slake possédait un assortiment très varié de couleurs, quoique les bombes fussent presque vides. Il en avait utilisé certaines pour décorer ses mobiles et autres créations artistiques, et il avait peint d'arabesques bleues et blanches la table de sa salle à manger.
Il choisit une de ses bombes, la secoua soigneusement et écrivit d'un jet de peinture rouge sur un des murs tapissés de journaux :

SAUVEZ

Voilà, sauvez. Mais sauver quoi ? L'imagination de Slake ne dut pas chercher bien loin. Il prit une autre bombe et, en bleu électrique, ajouta :

ARÉMIS SLAKE

Slake s'assit et contempla son œuvre. Ça lui faisait quelque chose de regarder ça. C'était bien, vraiment beau. Mais au-delà de cette impression esthétique, il ne pouvait pas s'identifier à cette inscription. Il avait pris plaisir à l'écrire, c'est tout.

Il choisit d'autres bombes et se mit à badigeonner les murs. Il traça des carrés de couleurs. Tiens, on aurait dit des maisons. Il leur ajouta des toits. Il fit un arbre brun. Puis il peignit une vaste surface au-dessus des maisons, pour le ciel. En vert.
Certains peut-être aimeraient faire remarquer à Slake que le ciel n'est pas vert, ou à de rares moments seulement, quand la lumière et les nuages sont juste comme il faut. Rarement, c'est possible, mais désormais pour Slake, toujours. Pour le restant de son séjour sous terre, ce vert fut le ciel.
Slake n'avait jamais passé beaucoup de temps auparavant à contempler le ciel. Il passait plutôt la plus grande partie de son temps à regarder ses pieds pour s'assurer que le sol était bien là, ou à regarder par-dessus son épaule pour voir si on ne le poursuivait pas. Mais désormais Slake passa un temps considérable à contempler le ciel, et le ciel était vert.

Sur une autre voie

Au dépôt où Willis Joe quittait son poste jusqu'au lendemain, il écouta un moment deux collègues discuter de base-ball. Il acheta un Coca au distributeur automatique. Il jeta un coup d'œil aux titres d'un journal abandonné sur une banquette. Il tuait le temps en attendant de rentrer chez lui.

Tout au long de l'hiver et encore plus maintenant que mars était là, Willis Joe s'était senti inexplicablement déprimé. Il en avait sa claque de trimballer des moutons, mais c'était son boulot et il fallait bien le faire, point. Ces milliers de moutons finissaient par le dégoûter. Il commença à ne se rendre au travail qu'à contrecœur le matin, et ce qui est pire, il commença à ne rentrer chez lui qu'à contrecœur le soir. La vérité est que même sa femme et ses gosses s'étaient mis à ressembler à ces créatures du métro, à ces moutons. Il se disputait de plus en plus souvent avec sa femme, il criait de plus en plus souvent sur les enfants. Il s'était mis à conduire son train avec colère, freinant brutalement aux stations, poussant la vitesse et fonçant dans les courbes plus vite qu'il ne fallait.

Finalement, quand il ne fut vraiment plus possible de traînailler dans le dépôt s'il voulait rentrer à l'heure pour dîner, Willis Joe prit le métro, passager à son tour, pour retourner jusqu'à la 36ᵉ Avenue, puis marcha vers chez lui le long des rues sombres et désertes.

Willis Joe Whinny était à deux doigts de la chute, au bord même du gouffre...

Quelles sont les chances pour que deux objets déterminés, en mouvement dans l'espace, se rencontrent un jour ?

12

L'ACCIDENT avait dû se produire dans l'après-midi, pendant une lointaine excursion de Slake vers les confins de Brooklyn. Il revint à Grand Central par la ligne qui passait au niveau inférieur. Aussitôt descendu de la rame, il sentit que quelque chose allait de travers dans la station. D'habitude, cet étage n'était pas si encombré à ce moment de la journée. Les gens étaient bruyants, agités, ils discutaient avec animation par petits groupes au lieu d'attendre en silence chacun de son côté. Les escaliers étaient pleins de monde.

Slake se faufila parmi la foule et atteignit son étage, mais quand il voulut s'engager vers son quai familier pour rentrer chez lui, il trouva l'accès au quai gardé par des policiers qui installaient des barrières. *Que se passait-il ?* L'oiseau en Slake pépia ces mots d'une voix anxieuse parce que, quelle que fût la raison – un incendie, un éboulement, une panne de courant –,

Slake se trouvait coupé de chez lui et, comparée à cela, la catastrophe qui peut-être s'était produite n'était que peu de chose.

Une voix donnait des renseignements et des instructions par haut-parleur :

« Les voies de la ligne nord-sud sont momentanément hors service à la suite d'un accident dans le tunnel. Les voyageurs sont priés d'emprunter un autre itinéraire pour se rendre à leur destination. »

Slake entendit un agent du métro dire en passant près de lui :

— Voilà des années que le béton se fendille dans ce tunnel.

— Oui, répliqua un garde, il y a là des trous assez grands pour y faire passer un train.

Des trous ! Ils avaient découvert sa grotte ! L'oiseau se mit à frapper du bec si violemment sur les côtes de Slake qu'il dut se retenir pour ne pas crier.

— Je prends toujours cette ligne-là, se plaignait une dame. Comment vais-je rentrer chez moi maintenant ?

Slake aurait pu le lui dire, il était devenu expert en matière d'itinéraires souterrains, mais il ne proposa pas ses services, et ses talents ne furent pas mis à profit par les dizaines de voyageurs qui, leur trajet habituel étant perturbé, cherchaient un autre chemin sur le plan du métro. Slake aurait pu expliquer à chacun d'entre eux comment rentrer à la maison, mais à lui-même il ne pouvait dire comment faire.

Il vit une équipe d'ouvriers descendre sur la voie. Qu'allaient-ils faire ?

À nouveau les haut-parleurs : « Les voies de la ligne nord-sud sont momentanément bloquées par la chute d'un mur en béton dans le tunnel. La ligne restera probablement hors service pendant plusieurs heures. Les voyageurs sont priés de... »

Des gens ne cessaient d'arriver pour prendre leur métro habituel et les gardes les dirigeaient vers les autres étages. Slake redescendit jusqu'aux quais de la ligne est-ouest, sans savoir où il allait. Il ne s'agissait que de tuer le temps en attendant de pouvoir rentrer chez lui.

« Rentrer chez lui » : ces mots avaient acquis pour Slake une signification qu'ils n'avaient jamais eue auparavant. Un endroit à lui. Chez moi, pensait Slake. Rentrer chez moi, être chez moi. Aussi sûrement qu'un explorateur qui le premier pose le pied sur un monde neuf – l'Amérique, l'Arctique, la lune – et que les premiers émigrants qui le suivent, Slake était un des rares pionniers installés sur ce continent inconnu et souterrain, et il avait parfaitement le droit, s'il le désirait, de s'y considérer chez lui. La grotte de Slake était sa maison, son foyer, sa niche – son île déserte.

Quand il revint à la station dans la soirée, l'accès au quai était toujours barré. Slake fit le tour par les couloirs et les escaliers pour atteindre l'autre quai et voir ce qui se passait. Une rame était à l'arrêt le long de son quai. Quelques vitres étaient brisées aux fenêtres de la première voiture et le toit du wagon était bosselé. Des ouvriers travaillaient dans le tunnel, Slake les entendait. Se trouvaient-ils aux environs de sa grotte ? Il n'y avait pas la moindre chance de pouvoir se faufiler parmi eux sans être vu.

Slake se remit en route et passa la nuit à circuler, d'un train à l'autre, en compagnie des sans-logis, des ivrognes, des vieilles clochardes qui dorment dans un coin de wagon en transportant toutes leurs possessions avec elles dans un sac à provisions. Combien plus heureux que ces gens-là était Slake qui possédait une chambre à lui ! Mais son anxiété quant à cette chambre ne le lâcha pas de toute la nuit, le suivit de l'East Side au West Side, jusqu'à Brooklyn et retour. Il n'osa pas rester tout le temps dans le même train de peur d'être découvert pas les agents du métro qui patrouillent la nuit et il ne dormit jamais très longtemps, s'éveillant fréquemment pour changer de train. Au matin, à l'heure habituelle, il rejoignit sa base pour récolter et vendre les journaux.

— Ah ! Voilà mon journal ! s'exclama joyeusement la dame en voyant arriver Slake. Comment vas-tu aujourd'hui ?
Elle était habituée à ne pas recevoir de réponse de Slake, mais en le regardant pour lui donner sa monnaie, elle reprit :
— Tu n'as pas bonne mine ce matin. Tu n'es pas malade, au moins ?
Slake secoua la tête.
— Tu m'as l'air bien pâle. Vous autres, les jeunes, vous ne vous reposez pas assez, voilà ce qu'il y a. Je sais de quoi je parle, j'ai un fils, tu sais.
Oui, Slake savait. La dame continua :
— Crois-moi, prends les choses un peu plus à l'aise, c'est un conseil que je te donne. Ne sois pas toujours si pressé, prends ton temps et va te coucher tôt. D'accord ?
Slake hocha la tête et elle s'en alla avec son journal.
Quand il prit son balai pour nettoyer le snack-bar, la vigueur et l'enthousiasme qu'il apportait habituellement à sa tâche n'y étaient pas ce matin-là. En rencontrant quelque chose qui s'obstinait à coller au plancher, Slake ne fit aucun effort pour le déloger. Il travaillait non pas comme le maître du balai, mais comme une simple extension du balai, sans volonté ni goût au travail.

Quand il s'assit pour déjeuner, la serveuse remarqua :
— Tu n'as pas l'air très en forme aujourd'hui.
Elle lui apporta un verre de jus d'orange :
— Tiens, avale ça. C'est plein de vitamines et ça donne immédiatement de l'énergie, j'ai entendu un docteur qui le disait à la télé.
Le jus d'orange fit du bien à Slake. Il n'avait encore rien avalé de la journée, sa bouche et sa gorge étaient sèches et brûlantes.
La serveuse et le patron bavardaient et firent profiter Slake de leur conversation :
— Tu as vu qu'il y a eu un accident hier sur la ligne nord-sud ? C'est étonnant que ce ne soit pas arrivé plus tôt, voilà des années qu'on rafistole les murs de ce tunnel. J'entends parfois les employés du métro qui en parlent ici. Les fondations qu'on creuse un peu partout pour de nouveaux gratte-ciel n'arrangent pas les choses. Encore heureux que ça n'ait pas été plus grave. Cette fois-ci on peut encore parler d'accident, mais la prochaine fois les gens crieront que c'est de la négligence. Fais-moi confiance, ils vont le réparer, ce tunnel !
Slake s'étouffa sur son potage.
— Ils vont le réparer ?
— Et comment ! Et sans traîner, c'est moi qui te le dis !
— Quand ?
— Oh ! ça... Y a pas mal de paperasses à remplir, tu

penses, avant de pouvoir fermer la ligne et de faire descendre une équipe avec des bétonneuses et tout ça. Faudra le temps...
— Combien de temps ?
— Qu'est-ce que je sais ? On en parle dans le journal, mais je ne l'ai pas encore lu.

La serveuse regardait Slake avec curiosité. Elle ne l'avait jamais vu parler autant ni s'intéresser à ce point à quelque chose. En lui apportant son assiette, elle lui demanda :
— Qu'est-ce que ça peut bien te faire, quand on réparera ce tunnel ?
Cette question ! Slake n'avala que la moitié de son repas, repoussa l'assiette, se leva et s'en alla.

13

SLAKE descendit les escaliers et atteignit son quai sans rencontrer d'obstacle. La police n'était plus là, les barrières étaient empilées contre un mur. Le trafic avait repris normalement. Une rame était arrêtée le long du quai. Slake attendit qu'elle soit partie, puis se glissa sur la voie et retourna à son trou dans le mur. Une fois en sûreté dans sa grotte, il alluma une lanterne et fouilla le journal pour voir ce qu'on y disait de l'accident. La première page était occupée par une catastrophe d'aviation, deux meurtres, une guerre quelque part dans un pays dont Slake n'avait jamais entendu parler, et un ours blanc du zoo qui était mort. En bas de page, deux petites colonnes annonçaient la mauvaise nouvelle :

Accident dans le métro
Seize personnes blessées par la chute d'un mur.

L'article racontait comment une rame avait été endommagée, juste après avoir quitté la station de Grand Central, par la chute de morceaux de béton dans le tunnel. Plusieurs voyageurs ainsi que le conducteur avaient été blessés par le choc et par des éclats de vitre. On ne déplorait aucune victime. Un porte-parole du Département des Transports Métropolitains avait déclaré que la voie avait pu être rapidement dégagée et qu'il n'y avait aucun danger immédiat. Le tunnel serait fermé à la circulation d'ici peu, tous les murs seraient soigneusement examinés et les réparations nécessaires seraient entreprises. Ces réparations étaient prévues depuis longtemps, mais les inconvénients que la fermeture du tunnel causerait aux usagers les avaient fait remettre à plus tard. Voir suite en page 16.

Slake tourna fiévreusement les feuilles. La page 16 offrait une photo du train accidenté, exactement comme Slake l'avait vu la veille. Ça lui fit une curieuse impression de l'avoir vu lui-même avant qu'il apparaisse dans les journaux, comme un rêve ou une prophétie.

La suite de l'article donnait le nom des blessés qui avaient été hospitalisés et le récit du conducteur, M. Carmine Alvarez. M. Alvarez déclarait que cet accident devait arriver un jour ou l'autre et que le destin avait voulu que ça lui soit arrivé à lui. Il ne blâmait personne et remerciait Dieu que l'accident n'ait pas été plus grave et que personne n'ait été tué. Enfin, l'article informait le public que des itinéraires de détournement seraient indiqués d'ici quelques jours et que les travaux commenceraient aussitôt après.

Slake lut sa condamnation à mort. Ses connaissances en travaux de construction étaient limitées, il avait surtout assisté, au contraire, à des démolitions : de grandes grues peintes en jaune qui balançaient une lourde boule d'acier au bout d'un câble et s'attaquaient à de vieux immeubles de briques. Un combat inégal et perdu d'avance. Même avec des connaissances aussi réduites, Slake savait à quoi il devait s'attendre, pas besoin pour ça d'être architecte ou ingénieur civil. Des machines et des hommes s'avanceraient bientôt le long de la voie, mètre par mètre, jusqu'à ce qu'ils atteignent son trou, et la chambre de Slake serait murée comme les autres crevasses, fissures et défauts de ce tunnel.

L'oiseau en Slake criait plus désespérément que jamais.

Tout d'abord, Slake resta dans sa grotte, cloué par l'anxiété. Il demeurait assis sans bouger contre le mur de l'hôtel Commodore, qui bientôt posséderait à nouveau une chambre inhabitée. Ou une tombe ?

Au soir du second jour, Slake n'avait rien mangé depuis plus de trente heures. Ce manque de nourriture venait s'ajouter à la fatigue de sa longue nuit en train le jour de l'accident. Slake avait froid et se sentait affaibli. Vers minuit, son mal qui jusque-là n'avait été que de la peur se compliqua de fièvre et de frissons. Slake grelottait. Il se couvrit de couches de journaux, puis eut trop chaud et les arracha. Il avait le ventre vide mais n'avait pas faim. Il mourait de soif mais n'osait pas aller remplir ses boîtes d'eau. Il ne bougerait pas de chez lui. On aurait pu murer son trou pendant qu'il était parti.

Par moments, il tombait dans un sommeil agité. Il se trouvait dans un terrain vague. Il était à genoux par terre et creusait un trou dans le sol avec ses mains. Dans le trou, Slake enterrait un chandail, un chandail à losanges bleus et gris.

Slake était assis sur un tabouret tournant, comme au snack-bar. L'homme au turban faisait tourner le tabouret, de plus en plus vite. Slake aurait voulu descendre du tabouret, mais l'homme l'en empêchait. La serveuse criait : « Mais laissez-le descendre ! » Elle lui offrait un verre de jus d'orange. Slake tendait la main vers le verre mais ne parvenait pas à le prendre. Slake était dans une rue. Était-ce la rue où il avait habité ? Il y avait du vent. Le vent transperçait sa

chemise et Slake avait froid, puis le soleil apparut et il arracha sa chemise parce qu'il avait trop chaud.
Dans les profondeurs de ses rêves, des serpents et des crocodiles se tordaient, sifflaient et claquaient des mâchoires. Humide et glacé, puis bouillant et fumant de vapeurs, un marais engloutissait Slake, ou était-ce lui qui s'engloutissait dans le marais ? Ainsi pendant des jours et des nuits.
Et pendant ces nuits et ces jours, l'oiseau en Slake pépiait de plus en plus pitoyablement.

Slake ne savait plus quand il était endormi ou éveillé. Parfois il pensait dormir alors qu'il était éveillé, et parfois il croyait être éveillé alors qu'il dormait. Il ne savait pas combien de jours s'étaient écoulés. Il ne savait pas que le rat venait chaque matin. Le premier jour, le rat avait dévoré en entier le contenu du sac que Slake avait rapporté du snack-bar et laissé tomber sur le sol. Les jours suivants, le rat vint et attendit puis s'en alla, et revint, chaque jour.

Et puis, à un moment où il était éveillé, Slake entendit des bruits inhabituels dans le tunnel, comme des coups de marteau. Au cours des jours précédents, Slake avait oublié la cause de la maladie qui venait de l'abattre. Maintenant, ces bruits dans le tunnel réveillèrent sa mémoire. *Ils arrivaient !* Les ouvriers, les barres à mine, les bétonneuses !

Slake s'arracha à son lit de vieux journaux sur lequel il gisait depuis des jours. Il tâtonna à la recherche du morceau de carton qui se trouvait quelque part près de l'entrée. Puis, lentement, posément, il prit un crayon feutre et traça quatre grandes lettres rouges sur le carton.

En se penchant hors de son trou, Slake aperçut la silhouette de ce qui était sans doute un wagon du service des réparations, arrêté dans la station, les yeux jaunes de ses phares allumés. Il regarda la voie, les rails, serpents à l'affût au seuil de sa grotte. Se traînant hors de son refuge et dans le tunnel, Slake roula sur la voie et se coucha au milieu des serpents.

SUR UNE AUTRE VOIE

Willis Joe Whinny avait arrêté sa rame le long du quai nord-sud de la station de Grand Central. C'était le dernier jour de trafic sur cette ligne avant le début des travaux de réparation du tunnel. Le voyant lumineux blanc s'alluma sur son tableau de bord, signalant que toutes les portes étaient refermées, et Willis Joe s'apprêtait à démarrer quand la porte de sa cabine s'ouvrit tout à coup. C'était au moins la dixième fois ce jour-là, le fichu loquet ne tenait plus. Willis Joe en avait sa claque. Cette fois, il allait arranger ça. Il retira la poignée du frein et s'en servit comme d'un marteau pour donner quelques bons coups au loquet. Il secoua la porte. Ça tenait déjà mieux. Il donna encore deux ou trois petits coups pour être sûr. Là. Il pouvait maintenant se remettre à son sempiternel boulot de trimballer ses moutons.

Il vérifia ses cadrans d'un coup d'œil, desserra les freins, et la rame s'ébranla lentement. Il fallait rattraper le

temps perdu. Willis Joe avait déjà la main sur la poignée de vitesse quand il aperçut un mouton égaré sur la voie, là-bas devant. Ça arrive. Il y en a toujours qui s'écartent du troupeau. Tant pis pour lui !
Puis il aperçut la pancarte, et le mot écrit dessus

STOP

et, en cette fraction de seconde déchirante, Willis Joe Whinny comprit que c'était lui le mouton meneur du troupeau et il freina.

14

WILLIS JOE fut sur la voie en moins de dix secondes et se baissa pour ramasser Slake évanoui. Il se redressa, debout entre les rails, tenant Slake dans ses bras comme il avait tenu ses propres enfants, parfois, souvent, autrefois. Il regarda ce visage couleur de cendre, ces paupières fermées, et Willis Joe Whinny se mit à trembler, parce qu'il voyait que ce mouton qu'il avait failli écraser n'était pas un mouton.

Des voyageurs étaient accourus à l'avant de la voiture pour voir ce qui se passait. Avec leur aide, Willis Joe déposa Slake sur le plancher du wagon, puis y grimpa. Il prit Slake dans ses bras et le porta sur toute la longueur de la rame. Un agent du métro venait de monter à bord de la dernière voiture et Willis Joe lui confia son fardeau.

— Il nous faudra un rapport détaillé sur cette histoire, dit l'agent. Venez nous voir à la fin de votre service.

Willis Joe retraversa toute la longueur du train pour regagner son poste et en chemin, examinant le visage des gens qui l'avaient regardé passer, il s'aperçut que ces visages n'étaient pas flous du tout, que chacun était différent des autres et appartenait à une personne comme lui-même, et il lui sembla percevoir clairement que chacune de ces personnes possédait une âme.

Il se remit au travail, mais maintenant Willis Joe conduisait son train très attentivement, comme s'il s'agissait d'une mission très importante qui lui avait été confiée, à lui, Joe, le conducteur. Là, derrière lui, se trouvaient des centaines de personnes qui se reposaient sur lui du soin de les mener saines et sauves à leur destination, du soin de transporter leurs enfants sains et saufs au long des tunnels ténébreux.

Et quelque chose d'autre de tout aussi important lui apparut : dans quelques heures, il pourrait rentrer tout droit à la maison, retourner vers sa femme et ses enfants.

C'est dans l'ambulance que Slake ouvrit les yeux. Il y avait un masque collé sur son nez et sa bouche. Il y avait aussi des voix autour de lui, mais elles n'étaient qu'un murmure vague et sans importance pour lui. Slake ne savait pas où il se trouvait et ne s'en souciait pas. Il n'éprouvait aucune peur. Il y avait encore une fenêtre à côté de lui et, quand il ouvrit les yeux, il aperçut par la vitre la silhouette des gratte-ciel se découpant sur le ciel. Le ciel était bleu, pas vert, et cela parut important à Slake. Puis il referma les yeux et glissa dans quelque chose qui ressemblait à un sommeil normal.

Willis Joe vint faire son rapport et discuta avec l'agent du trafic :

— Est-ce que le gosse va avoir une amende ?

— Je ne sais pas. Je ne crois pas, dit le policier en regardant Willis Joe comme s'il essayait de lire à l'intérieur de sa tête. Ce gamin a une pneumonie ou un truc de ce genre, c'est à peine s'il peut encore respirer, il est mal en point. Je suppose que dans cet état-là il ne savait plus très bien ce qu'il faisait et qu'il est descendu sur la voie juste comme ça.

— Juste comme ça, oui, dit Willis Joe.

Après avoir fait son rapport, il se rendit à l'hôpital et demanda s'il pouvait voir Slake. Non, il ne pouvait pas : le garçon était sous une tente à oxygène. Et on ne connaissait toujours pas son nom. Willis Joe ressortit, alla acheter une carte de vœux, l'apporta à l'hôpital et la laissa au bureau. La carte était adressée « Au garçon du métro » et Slake la reçut quelques jours plus tard quand il commença à aller mieux. C'était une belle

carte avec un bouquet de fleurs à l'intérieur qui s'ouvrait quand on dépliait la carte, et de très belles lettres de fantaisie qui disaient : « Je pense à toi » et c'était signé Willis Joe Whinny, à la main.
C'était la première fois de sa vie que Slake recevait du courrier. Il fut encore plus étonné de recevoir cette carte que de ne pas savoir qui était Willis Joe Whinny. Après tout, le monde était plein de gens qu'il ne connaissait pas, ce n'était pas important. Ce qui était important était le fait surprenant que quelqu'un pensait à lui.

15

Le confort de ces journées d'hôpital – le vrai matelas, les repas chauds servis au lit, l'incroyable et merveilleuse chaleur – compensa largement la douleur dans la poitrine de Slake et dans sa tête, sa faiblesse, l'absence de mouvement et de liberté d'action.

Slake pensait souvent à son petit chez-lui dans le métro pendant ces journées et il éprouvait une sorte de souffrance en se rappelant le gai balancement de ses mobiles dans la lumière des lanternes, leur ombre dansant sur les murs de sa chambre, pendant que les trains et la vie passaient devant sans s'arrêter. Bientôt, il commença à se sentir comme ces gens de son quartier autrefois qui racontaient que leur appartement avait brûlé ou que leur propriétaire les avait mis à la porte en gardant leurs affaires, et qu'ils avaient « tout perdu ». Qu'ils aient eu « tout » à perdre empêchait un peu

Slake de compatir à leurs malheurs, lui qui n'avait rien. Maintenant il comprenait. Lui aussi venait de « tout » perdre, sa maison, ses affaires, son domaine souterrain. Tout. Lui, Slake !

Il se les représentait, murant le trou de sa grotte, cimentant, bétonnant, scellant sa chambre pour l'éternité comme une de ces tombes égyptiennes qu'il avait vues dans les livres à l'école – scellant la tombe d'Arémis Slake avec tous ses biens et des provisions pour que son âme puisse se nourrir. Mais l'âme d'Arémis Slake était-elle dans la tombe ? Slake pensait que non. Il s'était évadé de sa tombe. La vie éternelle, songea Slake ce soir-là en s'endormant au-dessus de la surface du sol.

L'oiseau de Slake, qui avait retrouvé son calme, fut perturbé par la visite d'une assistante sociale, jeune, amicale et désireuse de l'aider, qui posa à Slake des questions au sujet de sa famille et de son domicile. Pas de famille, ni de domicile. Personne, nulle part. Mais il fallait bien qu'il vive quelque part, pourtant, avec quelqu'un, un ami peut-être ? Slake se contentait de secouer la tête. Non, nulle part, pas d'ami.

— Ça ne fait rien, ne te tracasse pas, nous nous occuperons de toi. Reste ici jusqu'à ce que tu sois guéri et puis nous verrons si nous pouvons te placer dans un centre d'accueil en attendant que nous ayons retrouvé ta famille. Repose-toi et guéris, c'est tout ce que tu as à faire. Tu n'as envie de rien ? Tu veux que je t'apporte quelque chose ?

— Mes vêtements, dit Slake. Mes lunettes.

L'assistance sociale parla à l'infirmière en chef et quelques jours plus tard les vêtements de Slake, qui semblaient avoir disparu, furent remplacés par des habits propres qui lui allaient très bien, et un médecin vint examiner ses yeux et lui donna des lunettes. On remit aussi à Slake une grande enveloppe qui contenait son portefeuille, ses clés et la monnaie trouvée dans ses poches.

Slake n'aimait pas du tout l'idée d'un centre d'accueil. Ça le tracassait sérieusement. Cependant, tout était si facile et agréable pour le moment qu'il souhaitait presque que sa maladie dure encore un peu. Presque...

Mais Slake avait vu le ciel bleu. Pour la première fois depuis ce jour de novembre où il était entré dans le métro à Columbus Circle, il éprouva un violent désir de le revoir, bleu, de s'en remplir, de s'y plonger.

Slake y réfléchit, et fit des projets. L'oiseau s'était à nouveau calmé. En fait, il était si calme qu'une nuit Slake rêva que l'oiseau était mort, et il ne savait pas s'il était plus inquiétant d'avoir en lui un oiseau mort que vivant. Son sommeil fut agité, mais vers le matin l'oiseau se remit à bouger derrière les côtes de Slake.

Après de grands efforts, Slake parvint à vomir et l'oiseau s'envola, libre. Slake le sentit sortir. Il s'éveilla en sursaut, mais trop tard pour voir partir l'oiseau. S'était-il envolé dans le couloir, prisonnier maintenant de l'hôpital et non plus de Slake ? Comment allait-on le traiter quand on le trouverait ?
Sa gorge était sèche et douloureuse, mais sa poitrine et son estomac étaient enfin libérés de ces coups de bec.

Qui peut se rappeler le premier jour de sa vie où il a vu la lumière ? Certains, peut-être, mais particulièrement et certainement Arémis Slake. Il était maintenant sur le point de naître.
Quand vint le jour où il se sentit assez fort et guéri, Slake se libéra de l'hôpital sans attendre que la gentille assistante sociale lui ait trouvé un centre. Debout sur le trottoir devant l'hôpital, il avala quelques goulées d'air. L'air sentait le printemps, mais avec encore un arrière-goût d'hiver. La première impression de Slake fut qu'il lui semblait avoir grandi. Il n'y avait rien lui permettant de comparer ou de se mesurer, il ne pouvait même pas dire que ses vêtements étaient devenus trop petits puisque ce n'étaient plus les mêmes vêtements, et pourtant, oui, il était certainement plus grand. Ou peut-être était-ce dû à l'angle sous lequel il regardait les choses, non plus la tête

penchée vers le trottoir mais les yeux droit devant lui ou même vers le haut ? Parce qu'il était surprenant à quel point ses nouvelles lunettes transformaient le monde. Des horizons qui autrefois n'existaient même pas étaient maintenant clairement visibles. Et en levant les yeux vers les toits et le ciel bleu, il vit un oiseau perché sur la corniche d'un bâtiment. Et quel bâtiment ? L'hôpital ! Et quel oiseau ? Son oiseau ? Ça se pouvait bien. Il avait donc pu s'évader, lui aussi. L'oiseau ne resta posé qu'un moment, puis s'envola, dans le ciel bleu. Ils étaient trop longtemps restés ensemble et maintenant ils étaient libres, tous les deux, chacun de son côté.

Tu vois bien, se dit Slake. Vraiment bien !

Courir, balayer, voir. Ça en faisait des choses !

On pourrait dire de Slake qu'il avait passé toute sa vie sous terre. Maintenant et pour la première fois il se rendait clairement compte qu'il était *sur*, et plus *sous*. Et pourtant il n'avait aucune envie de rester dans ces rues. Son instinct le poussa vers l'entrée du métro la plus proche. Mais en l'atteignant et alors qu'il descendait déjà les escaliers, Slake s'arrêta, se retourna et regarda le ciel. Comme cet oiseau était heureux d'avoir pu s'envoler dans le ciel !

Slake abaissa un peu ses regards. Si le ciel lui était

interdit, peut-être que les toits... Slake s'y connaissait un peu en toits. Il savait qu'on y trouve des réservoirs à eau hors d'usage, de vieilles machineries d'ascenseur, des pigeonniers abandonnés, toutes sortes de choses utiles et d'endroits intéressants. De là-haut il pourrait voir le ciel chaque jour, bleu, ou même gris, c'est le ciel quand même.

Mais alors, et la dame du métro ? Et l'homme au turban, la serveuse, son travail, le rat ? Le rat aurait été forcé de déménager, comme Slake lui-même. Quant aux autres... il retournerait bientôt les voir, peut-être, mais pas pour le moment. Pour le moment, il y avait quelque chose que Slake devait faire.

Il fit demi-tour, remonta les escaliers et sortit du métro. Slake ne savait pas encore exactement où il allait, mais la direction générale était vers le haut.

TABLE DES CHAPITRES

Comme la vie

JUNIOR / DÈS 10 ANS

Claude Carré
LES MILLE ET DEUX NUITS

Jean-François Chabas
LA DEUXIÈME NAISSANCE
DE KEITA TELLI
TRÈFLE D'OR
LES FRONTIÈRES
LES HERMINES
CIRCÉ

Hervé Debry
LETTRES À QUI VOUS SAVEZ

Yaël Hassan
UN GRAND-PÈRE TOMBÉ DU CIEL
Prix du Roman jeunesse 1996
Prix Sorcières 1998
Grand Prix des jeunes lecteurs de la PEEP 1998
Prix de la première œuvre, CDDP de la Marne 1999
Prix Mange-Livres de Carpentras 1999
QUAND ANNA RIAIT
Prix des écoliers de Rillieux-la-Pape 2001
Prix Tatoulu 2001
Prix du roman de Mantes-la-Jolie 2001
Prix de la ville de Lavelanet 2001
MANON ET MAMINA
Prix du Livre jeunesse de La Garde 2000
Prix Chronos Suisse 2000
LE PROFESSEUR DE MUSIQUE
Prix Chronos Suisse 2001
Prix Saint-Exupéry 2001
Prix Chronos de littérature pour la jeunesse 2002
UN JOUR, UN JULES M'AIMERA
Prix Julie des lectrices 2002
Prix Salon du livre de Beaugency 2002
LETTRES À DOLLY
DE L'AUTRE CÔTÉ DU MUR
Prix du Salon du livre de Limoges 2003
L'AMI

Felice Holman
LE ROBINSON DU MÉTRO
Prix Lewis Carroll 1978

Sylvaine Jaoui
JULIA SE TROUVE TROP GROSSE
JE VEUX CHANGER DE SŒUR !

Rose-Claire Labalestra
LE CHANT DE L'HIRONDELLE
Prix du Roman jeunesse 1999
Prix Chonos suisse 2002
Prix Échappée Livres, Annecy 2002

Roland Lamarre
UN SCÉNARIO BÉTON
LE STOPPEUR

Claire Mazard
MAMAN, LES P'TITS BATEAUX
Prix Tatoulu 2000
Coup de cœur au Prix Ado, Rennes 2000

Aline Méchin
DANS LA PEAU D'UNE FILLE

Laurence Pain
L'INCONNU DU BLOCKHAUS

Joseph Périgot
GOSSE DE RICHE !
TROP AMOUREUX !

Sandrine Pernusch
UNE ANNÉE TOURBILLON

Annika Thor
LE JEU DE LA VÉRITÉ
Prix August de littérature de jeunesse,Stockholm

Jean-Louis Viot
LES CENT MILLE BRIQUES

Colette Vivier
LA MAISON DES PETITS BONHEURS
LA PORTE OUVERTE
LA MAISON DES QUATRE-VENTS

Le catalogue de la collection « Romans » est disponible
chez votre libraire ou sur une simple demande.

casterman

36, rue du Chemin-Vert 75011 Paris

www.casterman.com

Conception graphique : Claude Lieber

ISBN 2-203-13014-8

Imprimé en Belgique par Campin 2000, Tournai. Dépôt légal :août 2003 ; D. 2003/0053/382
Déposé au ministère de la Justice, Paris
(loi n° 49.956 du 16 juillet 1949 sur les publications destinées à la jeunesse).